JN307290

妻は、くノ一

風野真知雄

角川文庫
15465

目次

序　たぬき囃子が聞こえる

深夜になっても、いっこうに涼しくならなかった。大きく息をすると、吐き気を覚えるくらい、大気は蒸れていた。

梅雨が明け、五月（旧暦）も後半に入っている。暑いのは当たり前と誰しも思うが、我慢がならないのは湿気だった。

ここは大川の東、本所中之郷《ほんじょなかのごう》と呼ばれるあたりである。低地で、しかもしばしば起こる大川の氾濫《はんらん》のため、土地はたっぷり水を含ませられている。それが暑熱を受けて、じわじわと立ち昇っていた。

ただ、今宵《こよい》の救いはかすかな風があることだった。

「千右衛門《せんえもん》。耳を澄ませてみよ」

と、闇の中で声がした。

「はい」

千右衛門と呼ばれた男は、耳に手をあて、首を傾けるようにした。

すると、かすかに、

てんつくてんてん。

とんとんとんとん。


という太鼓の音が聞こえてきたではないか。

「聞こえます」

千右衛門は小声で言った。

「な、嘘ではあるまい」

「まさか、この屋敷が噂の怪異の舞台になっていたとは……」

高い音色である。大太鼓ではない。小太鼓だけが鳴っている。

そのうち、これに笛の音が重なり出した。

ぴっ　ぴっ　ぴぃひゃらら。
ぴぃひゃら　ぴぃひゃら　ぴぃひゃらら。
てんつくてんつく　どんどんどん。

祭り囃子《ばやし》になってきた。

音も次第にはっきりしてきて、もはや半町ほど先で立てている音のようである。

「これが噂のたぬき囃子ですか、御前」

「そうじゃ」

御前と呼ばれた男は、嬉《うれ》しそうにうなずいた。「馬鹿囃子なんぞという言い方もあるが、わが屋敷の名物にしたいものよ」

怪異現象が起きているというのに、御前と呼ばれた男は嬉しくてしょうがないらしい。

名を明かそう。松浦《まつら》静山《せいざん》という。元平戸《ひらど》藩主である。

藩主の座を譲ってからは、ここ本所中之郷の下屋敷に起居し、悠々自適の日々を送っている。

六十も半ばほどである。月明かりでもわかるくらいに、肌の色が濃い。よく日に焼けている。細面の小さな顔で、鼻下と顎《あご》には、白くなった髭《ひげ》をたくわえている。顔だけからの印象なのか、それとも腹が読めないところなどを含めてのことなのか、

「静山はキツネのようだ」

と、評するむきもある。

中肉中背だが、筋肉が発達しているのは、動きからもわかる。きびきびしている。

それもそうで、この松浦静山、大名のくせに剣の達人であった。

千右衛門と呼ばれたほうは、出入りの商人である。平戸出身の海産物問屋〈西海《さいかい》屋《や》〉のあるじだった。

まだ二十八という若さだが、やり手と評判が高く、すでに豪商といってもいい西海屋をこの先、どこまで大きくするかと期待されていた。

その松浦静山と、西海屋千右衛門は、下屋敷の庭のはずれにまで出てきて、このところ巷《ちまた》で評判になっている怪異現象を目の当たりにしていた。

「わしもこれほどはっきり聞いたのは、はじめてだな」

「やはり、どこかで祭りでもやっているのでは？」

「いや、ここらには神社もなければ、祭りもない。追ってみよう」

松浦静山は、提灯《ちょうちん》を下げ、足元に気をつけて、音のするほうへ進んだ。

屋敷の一画とはいえ、母屋の周辺のようには庭も整備されていない。なにせ一万三千坪ほどあり、とても手入れはしきれない。ここらは夏草が伸び放題、まだ開墾されていない田舎の野原のようである。

一町ほど歩いた。

それでも、音には近づくことができない。

「御前。また、遠くなりました」

「そう。追えば、逃げる。追わなければ、待っている」

「やっかいですね」

「おなごのようであろう」

「わたしはそちらのほうは」

と、千右衛門は苦笑した。

「あるいは、時代のようでもあるな」

「時代はそういうものですか」

「いや、時代はちがうかな」

と、静山は首をひねった。時代を論ずることは好きである。

「それにしても、あの音は何なのでしょう？」

と、千右衛門は訊《き》いた。

「妖《あや》かしさ」

「信じられません」

「信じようが、信じまいが、おかしなことは起こるのさ。この世というところはな」

と、静山はにんまりした。

静山はいま、この下屋敷で膨大な随筆を自ら書きつづっている。『甲子夜話《かっしやわ》』と題したもので、のちに二百七十八巻を数える江戸時代でも指折りの大著となる。その『甲子夜話』には、多くの怪異譚《たん》も記されていた。

「御前、これ以上は」

と、千右衛門が提灯を高くかざした。

とうとう庭のいちばん外れまで来た。数間先に塀があり、向こうはいくつかの寺で、こっちに向いたところはほとんどが墓場になっている。

たぬき囃子はその墓場のあたりから聞こえていたが、やがてゆっくりと静かになっていった。

「消えたようですね」

「ふっふっふ。面白いのう」

静山は薄く笑った。月明かりの下だと、笑顔はやけに凄《すご》みを帯びる。

ここらは草が風になびくばかり、荒涼たる様相になっている。

西海屋千右衛門は、けっして小心な男ではないが、それでも背筋に冷たいものが這《は》い上がってくるのを感じ、

「御前、もうもどりましょう」

と、懇願するように言った。

「そう、はやまるな。月の光というのは、ときおり奇妙な現象を招くものでな」

「そうらしいですね」

千右衛門は気もそぞろといったようすでうなずいた。

「そなた。ウサギという生きものは月が大好きで、月を見ると嬉しくて跳ねたりすることは知っているか」

「聞いたことがあります。たしかわらべ唄《うた》にもそんなものが」

「そのウサギがほら……」

静山は周囲の闇を見据えた。

すると――。

草むらの中に白い影がいくつか現れた。野ウサギである。広い大名屋敷の庭に、ウサギやタヌキ、キツネなどが出没することはめずらしくもなんともない。

「ところが、ウサギはずっと月光を浴びていると、水になって溶けてしまうという話があるのさ」

「溶けて水に……」

それではまるで、雪でつくったウサギのような話ではないか。

「わしは若いころ、この話を疑った。それで、国許《くにもと》にいたとき、野ウサギを七、八匹ほど捕獲させ、檻《おり》に入れると、月の輝く夜に城内の築山に置いてみた」

「そのようなことを……」

なんでも試してみないと気がすまない性分なのだ。

「翌朝には消えていた。一匹残らず」

「溶けて水に？」

「それはわからぬ。だが、不思議だった」

静山は遠い昔を偲《しの》ぶように目を細めた。この話は、『甲子夜話』にも記してある。やがて、周囲を跳ねまわっていたウサギが一匹ずついなくなっていった。溶けていくようなところは見えなかった。

そのとき突然——。

千右衛門の顔が凍りついた。

「御前……」

「どうした」

千右衛門が指差したほうには、青白いふんわりした丸いものが浮かんでいるではないか。

「人魂だ」

と、静山はかすれた声で言った。

「なんと」

千右衛門は目を見開いた。人魂というものがあるということはもちろん聞いている。遠くの墓場のあたりにうっすら光るものを見たこともある。だが、これほど近くで見るのは初めてだった。

　すると、松浦静山は臆《おく》することなくいきなり人魂に近づき、差していたこぶりの刀を鞘《さや》ごと抜いて、これを叩《たた》き落とそうとしたではないか。人魂はその鞘の先をひょいとかわすように遠ざかった。

「ほう？」

　静山は首をかしげた。

「な、なんということをなさいます」

　千右衛門は慌てて止めた。

「なにがだ」

「人魂を打つなんて」

「なあに、わしは子どものころにもやったことがある。あれは地面に叩き落としてもまだうっすら光るのでな、足で踏みつけにした」

　このことも『甲子夜話』には記した。

　肝が太いというよりは、蛮勇をひけらかしたがるかなり屈折した少年だった。

「なんということを」

「すると、ようやく光るのをやめた。つぶしたものをよく見るとな、それは豆腐のカスのようなものだったのだ」

「人魂が豆腐のカス……」

「あれはちと、やりすぎだったかな」

「それはそうでございますよ、御前」

「はて？」

静山は周囲を見回した。いつの間にか、人魂の数が増えていた。三つ、四つ、五つ……どこからともなく現れて来ていた。

「なんと、人魂が増えてきおった……さっき、叩こうとしたので、怒ったのかのう」

静山の顔から余裕の笑みが消えていた。

「まずいのではありませんか」

「うむ。まずいかもしれぬ」

強《こわ》ばった顔でうなずいた。

風が止まっている。

ふいに、消えていたたぬき囃子が、轟《とどろ》いた。

てんつくてんつくてんてんてん。

ぴぃぴぃひゃららぴぃひゃらら。

すぐ耳元で鳴り響いているようである。

しかも、闇の中を青白い人魂がひゅうひゅうと縦横に飛び交いはじめている。この世ならぬ光景が現出していた。

「なんだ、これは」

と、静山はつぶやいた。目の前のできごとが信じられない。夢でも見ているのか。

「千右衛門。鼻をふさげ」

自分もすばやくそうしながら、静山は言った。

「鼻を？　どうしてでございます？」

千右衛門は総毛立つ思いで、叫ぶように訊《き》いた。

「人の魂は鼻の穴から出ていくのだ。わしらの魂がやつらに連れて行かれぬよう、早く鼻を押さえよ」

「こうでございますか」

押さえてもなんだか指のあいだから、青白い魂がこぼれ出そうな気がする。

「予兆かな」

と、静山はやや不安げな声で言った。

「なんの予兆でございますか」

「わが藩にいろいろなことが起きるかもしれぬな」

「それは大変です」

いくつかの人魂が、渦を巻くように静山と千右衛門の周囲を旋回している。

「ここはひとまず退散しよう」

「はい」

静山と千右衛門は、屋敷の母屋のほうへと歩みを進めた。だが、こんなときの一万三千坪は広い。追うほどにたぬき囃子が遠ざかるように、母屋までの距離がどんどん遠ざかっていくようであった……。

第一話　ふたつの星

一

雙星彦馬《ふたぼしひこま》の目の前に、屏風岳《びょうぶ》のせせらぎのように涼しげな女がいた。

屏風岳というのは領内の南にある山で、この中腹に、ほとんど彦馬しか知らないはずの小さなせせらぎが流れている。ここの水は、冷たくて甘い。それに似ているのだから、感じは悪くないということである。

いや、悪くないどころか、すごくいい。

女はちょっと気取っているのか、飾り棚にのった仔猫《こねこ》のように行儀よくお澄ましした感じもある。

さきほどお茶を持ってきたのだが、すぐに下がるかと思ったら下がらない。姿勢よく彦馬の前に座って、うつむいたり、さりげなくこちらの顔を見たりする。話したそうだが、彦馬が固くなってそっぽを向いているので、きっかけがつかめずにいるらしい。

彦馬にしても、けっして話したくないわけではない。

口ごもらずに、歯切れよく話すことができたら、である。

だが、女に対して、そんなふうに話せたためしがない。

「いい風ですね」

と、女がやっと口にした。

「はあ。風。ううむ。そうですな」

いい風であるのは女の言うとおりである。六月の熱い浜風が、よく繁った庭の木々によって潮の湿りけを払われ、乾いた風になって吹いてきている。

風が気持ちいいとか、景色がきれいだとか、適当なことを答えればいいのに、それができない。

どうにも居心地が悪い。間が持てない。やはり、女全般に対して臆《おく》する気持ちがある。

——赤松《あかまつ》さまはなにをしているのか。

と、文句を言いたい気分になってきた。

ここは雙星彦馬の上司で、御船奉行の一人、赤松晋左衛門《しんざえもん》の屋敷である。

彦馬はこの日、非番で、ひさしぶりに海の上でのんびりしようと思っていた。食いものや釣り道具、釣った魚を調理する道具、昼寝しながら読む書物などを一通り小舟に運び込んだとき、赤松家の下男が呼びにきた。すぐに屋敷にきてくれという。

ところが、呼ばれてきたのに、当の赤松はまだ城から帰っていない。待っていてくれとの伝言があったらしい。

すると、目の前の娘が出てきたというわけである。

――誰だろう……。

赤松の娘のはずはない。まるで似ていない。

たとえ赤松が絶世の美女と結ばれたとしても、こういう顔立ちの娘は生まれない気がする。よしんば顔立ちが母親のほうに似ても、かならず赤ら顔とか、てらてらした肌が似ていたりするはずなのだ。

だが、この娘は涼しげで、七夕の笹の葉のようにさらさらした感じがするではないか。

平戸の町でも見たことがない顔である。

平戸の町は狭い。さすがに百姓には知らない顔もあるが、武家と、城の周りに店を構える商人の家の者ならだいたい見当がつく。

あまり見たことがなくても、顔立ちが似ている者を思い出し、親類縁者を探し当てることだってできる。だが、この女は誰にも似ていなかった。

考えてもわかることではない。

仕方がないので、庭でも眺めることにした。

立派な庭である。

前の庭だけでも千坪ほどはあるだろう。池だけでも、彦馬の家の敷地分はある。

その向こうの海を樹木で隠して見えなくしておき、波の音だけが聞こえるようにしてある。とても赤松晋左衛門の趣味とは思えない。赤松の趣味だと、庭の池と海を無理につなげて波を呼びこみ、居間にいながらにして顔にしぶきがかかるというのを自慢にしそうである。

どこか異国趣味も入っている。たぶん、何代も前からこういう庭なのだ。大昔、まだ平戸が貿易港として栄えたころの名残り。

平戸の町はそういう町である。各家々に南蛮渡来の物がなにげなく置いてあったり、ふつうの町民がエゲレスやポルッガルという国名を知っていたりする。

また、どこか異国的な顔をした百姓娘が、畑を耕していたりもする。

——この人の顔も……。

そっと盗み見た。だが、異国的な感じはまったくしない。青い竹と、白い紙と、桜の花びらとでつくったような顔。

ふいに、どすどすと無神経な音がしてきた。

「やあ、待たせたな」

赤松がだみ声を吐き出しながら入ってきた。

「新船の建造のことでちっとごたごたしてな」

「そうでしたか」

赤松はもっぱら新船の建造を受け持っているが、無駄な飾りのようなものが多いという評判である。ごたごたの原因もそのことかもしれない。

「それで、話したか？」

女と彦馬を見て、訊《き》いた。

「いえ」

「なんだ、すぐに打ち解けてくれていると期待したのだが」

「それは……」

それならもうすこし仕掛けがあってもよさそうである。うまい酒と肴《さかな》を用意しておくとか、生まれたての仔犬を小道具に使うとか。男と女がなにもなしで打ち解けられるのは、せいぜい五歳まででではないか。

それから、赤松はなんの溜《た》めも伏線もなく、ひょろりと驚くべき言葉を出した。

「じつはな、この娘をそなたの嫁にどうかと思ってな」

「………」

　彦馬は目がかすみ、頭が白くなった。喉《のど》のあたりがカーッと熱くなってきた。

「おい、聞いてるか？」

「ええと、嫁にといいますと」

　女はなにも言わず、伏し目がちにしている。

「嫁だ」

「ああ、嫁というのは、あの嫁のことですか？　ほら、狐の嫁入りの嫁。秋茄子《あきなす》は嫁に食わすなの嫁」

　動揺のあまり、変なことを訊いた。

「ぷっ」

　女が小さく噴いた。

「そりゃそうだろうが、馬鹿者」

と、赤松はくだらぬことは言うなとばかりに声を荒らげた。

　彦馬は信じられなかった。以前、マンボウという丸くておかしな魚が、海上で交尾らしきことをする破天荒なようすを目の当たりにしたときも信じられなかったが、この話もにわかには信じられない。

　──どうしてこの人が、わたしの嫁に……。

　それから、なにか魂胆があるにちがいないと思った。もしかしたら不義密通を働いたという身に覚えのない汚名を着せられて、いきなり斬られたりするのかもしれない。

「明日から行かせるがよいか？」

と、赤松が有無を言わさぬ調子で訊いた。

「………」

「どうなのだ、雙星？」

「それは、この方さえよければ」

笑いがみにくく引きつるのが、自分でもわかった。

どうせからかわれているだけなのだ。

承諾するわけがないではないか。

彦馬は二十八になるが、これまで嫁の来手はまったくなかった。女たちからは、ずいぶんひどいことを言われたこともある。「雙星さまのところに嫁に行くくらいなら、舌を嚙《か》んで死にます」と、人身御供にでも出されるようなことを言った娘もいた。

そこまで言われると自棄《やけ》になって日本中の女を憎みたい気持ちになったりする。ただ、数年前に亡くなってしまったが彦馬の姉がやさしい人で、ああいう人もどこかにいるだろうというわずかな希望だけは捨てずにきた。

だが、まさか初対面のこの人が……。

「はい」

と、目の前の女はうなずいた。清水の舞台から飛び降りる決意も感じなければ、前の晩に水盃《みずさかずき》をかわした気配もない。ごく、なにげない調子の「はい」。

「え？」

嫁に来てもいいということか。

耳を疑った。喉が渇いてきた。庭の池の水をまるごと飲み干したい。

「ほら。よいと申しておる」

「でも、わたしのところなど、何もありませんよ。財産も、地位も、上につながる人脈も……」

「そのようなものは」

女は首を横に振った。この女は、財産も地位も出世もいらないというのか。

「どうする、雙星？」

「い、いただきます」

彦馬の声が甲高く裏返った。

二

帰りの舟を漕《こ》ぎながら、

――もしかして、あの占い師が言っていたのは、このことだったのか……。

と、彦馬は思った。

十日ほど前である。御船手方《おふなてかた》の同輩たち五人で城下の安い店で酒を飲み、酔っ払って歩いているときに、奇妙な婆さんに声をかけられた。

「そこのお侍。お若い、お侍……」

最初に声をかけられたのは、彦馬ではなく、田辺三右衛門《たなべさんえもん》という男だった。

「わしか？」

「お前さま、近ごろ、大事なものを無くしたであろう」

「げっ。どうして、それを」

田辺は驚いて、立ち止まった。

「このお婆《ばば》にはよく見えておるのじゃ」

婆さんはにやりと笑い、天眼鏡を田辺の顔に向けた。歳は五十くらいか、みずからお婆というほどには老けていないように見えるが、娘が着るような赤い着物を着て、渦を巻いたようなかたちに髪を結っている。お歯黒がまだらになっていて、笑うとお化けのようなおぞましい感じになる。

「大丈夫、出てくるぞ」

「出てくるか」

「ああ、狐が引いて行こうとしたが、諦《あきら》めている。庭の草むらを探せ。ちゃんと出てくる」

「わかった」

と、田辺はうなずき、巾着《きんちゃく》から銭を出して婆さんに渡した。

「なんなんだ？」

仲間が訊くと、

「祖父のかたみの刀さ。祝儀のとき、刀掛けに置いたのが消えていて、ずっと探しているのだ」

と、田辺は言った。翌日のことだが、その刀は婆さんの予言どおりにちゃんと田辺家の庭の草むらから出てきたという。

「そこのお侍」

つづいて婆さんはさらに大きな声を出し、彦馬を指差したのだった。

「わ、わたしか」

「そうだよ。お前さまには、近々、思いがけない申し出があるぞ」

「ふうん」

彦馬は疑わしい目で婆さんを見た。占いはあまり信じない。もちろん人知を超えた大きな運命のようなものはあると思うが、それを見るという人間のほうがいつも胡散臭《うさんくさ》く思える。

「迷うかもしれぬ。だが、思い切って受けるべきだよ」

「婆さん。それは何で占ったんだ？」

と、彦馬は訊いた。

「星だよ」

「星？」

「そうよ。人はみな、星座の巡り合わせを背負って生きている。あんたは、カニの星座を背負っておる」

「カニの星座？」

くわしく訊こうとすると、

「あたしゃ、それがわかるのさ。いいね。金はいらないよ。お行き」

追い払うように言った。

振り向いて、同輩たちと歩き出すと、

「申し出は受けるんだよ」

婆さんは背中から、もう一度、言ったものだった。

海峡の真ん中あたりまで来て、彦馬は田平《たびら》のほうを振り返った。だが、赤松の屋敷はこの方角からはわからない。

お城がある平戸は、日本海に浮かぶ平戸島の北端にある。

赤松の屋敷があった田平地区は、九州本土である。赤松家は田平の土豪だった。

田平と平戸のあいだは、海峡になっている。渡し船もあるけれど、御船手方の彦馬はいちおう自前の小舟を漕いで往復する。

家のすぐ下にある船着場に小舟をつけると、坂道を駆け上がった。

坂の途中にある小さな平屋建てに飛び込んだ。味もそっけもないひとり暮らしの家である。

——こうしちゃいられないぞ。

と、彦馬は自分の怠惰な気持ちに活を入れた。

明日、あの女が嫁にくるのであれば、迎える準備をしなければならない。

頭の中でやるべきことを数えあげた。

まず、掃除をしなければならない。散らかし放題のごみだらけで、こんな家、のぞいただけで帰りたくなるだろう。

とにかく、目に見えているものはすべてごみと判断し、庭に焚《た》き火《び》を用意して、次々にそこにくべた。ただでさえ暑いのに、炎であぶられて汗がだらだら流れた。空箱のようになった家を掃き出そうとして、彦馬は箒《ほうき》を持っていないのに気づいた。いままで掃除をしなかったのは、箒がなかったせいだったのかとも思った。

箒など自分でつくろうと思えばつくれるが、そんな余裕はない。裏の家に行って借りてくると、凄《すご》い勢いで家中のホコリを外に掃き出した。

それから、ぞうきんで家中を磨き上げた。

「なかなかきれいになったではないか」

布団もなんとかしなければならない。

自分のは日にさらしてホコリを叩《たた》けばいいとして、もうひとつ要るだろう。おやじが死んだとき、しばらく寝かせた布団がどこかにあったはずだが、いくらなんでもそれはかわいそうだろう。

布団は町に行って買ってくることにした。

それから飯だって食べさせなければならない。米びつを開けると、まだ二升ほどは入っている。麦ん粉もある。

だが、茶碗《ちゃわん》や皿がない。おやじやおふくろたちの茶碗などはとうに割れてしまったし、自分の分さえ足りないくらいである。これも町で買ってきておこう。

ただ、肝心の金があったかと不安になる。

三十俵一人扶持《ぶち》。贅沢《ぜいたく》などなにひとつできない軽輩の身分である。

小銭をありったけかき集め、足りない分は仏壇のりんを質に入れることにして、町まで急いだ。

走りながらもつい、にやにやしてしまう。大きい声も出したくなってきて、我慢するかわりにこぶしをぐいっと空に突き出すようにする。

すれちがう人が、

——なんだ、あいつ？

というような顔で振り向くのもわかるが、そんなことは知ったことではない。

駆け足はどんどん速くなる……。

平戸藩御船手方の雙星彦馬のことを知らない藩士はいない。

「あ、あれな」

と、みんなが言う。「あの、変わったやつだろ……」

陰で言うだけでなく、面と向かって言われることもある。

自分でも、

——多少は変わっているかもしれない。

と、思っている。子どものころから、周囲としっくりしない自分を感じてきた。

「もうすこし、身なりをなんとかしろ」

とは、よく言われることである。ちゃんと洗濯はしているが、いつも同じ擦り切れた着物を着たりするのは周囲から変に見えるらしい。ときどき羽織を裏返しに着ていたり、竹光を鞘《さや》に入れずに差していたりするので、そういうときはずいぶん馬鹿にされた。

先輩たちから始終、

「ぼんやりしているんじゃない」

とも、言われる。自分ではぼんやりしているつもりもないのだが、ほかから見ると、まるっきり駄目らしい。お城や仕事先でも、お世辞や愛想がうまく言えない。つい無口になってしまう。亡父からも、

「お前は挨拶《あいさつ》ひとつも満足にできぬ。それではやっていけぬぞ」

と、しばしば説教された。

もちろん「おはようございます」くらいの挨拶はできる。だが、父の言う挨拶はそれだけではない。盆暮れの付け届け、親戚《しんせき》への顔出し、上役へのご機嫌うかがい、そういうことをすべてそつなくこなすことが挨拶というものなのだった。

じっさい、そうしたことは苦手だし、そうしなければならないところにはできる

だけ顔を出さないようにした。

苦手なものはほかにもある。剣術を筆頭に、武術はすべて駄目である。あまり本気でやりたくもない。身体に悪いところがあるわけではない。むしろ、長身だし、ふだん舟を漕《こ》ぐので鍛えているから、筋肉は発達し、無駄な肉はない。「本気でやれば強くなりそうだ」とも言われるが、

「人を斬ったり傷つけたりはしたくないし」

などと言って、相手に首をかしげられたりする。

ただ、そういう人間は彦馬だけではない。ほかにもいる。彦馬の場合は、すべてぼんやりしているわけではなく、他人がまるでできないことが難なくできたりする。これがよくないみたいなのだ。できるものと、できないものとの差が大きいと、

「あれは変わっている」

ということになってしまうらしい。

たとえば、彦馬は算術が得意で、そろばんなど使わなくても足し算や引き算などいくらでもできる。また、とくに習ったわけではないが、蘭語はだいたい読めるようになった。もっとも驚かれるのは、夜空にある星と、その運行がほぼ完全に頭に入っていることである。このあいだも、

「今年の七月七日のいま時分は、あの星はここらあたりに来ている」

などと言って、出入りの業者から気味が悪そうな顔で見られた。

彦馬はときどき、

——そもそも、自分は陸地にいるということ自体が合わないのではないか。

と、思うこともある。陸の上というのは、面倒なことや苦手なことが多すぎるような気がする。

——その点、海はいい。

上役はいるが、海の上では付け届けなどしようがないし、ご機嫌をうかがうよりは天候を見るほうがずっと大事である。嵐になればますます上も下もない。やるべきことをやらなければ、上も下もいっしょに海の底へ沈むだけのこと。

——そして、海の上で眺める星空というのが、また格別なのだ。

子どものとき、夜空で光るあれは何なのだろう？　と思った。もちろん、星や月という名前は知っている。だが、どうしてあんなに光っているのか、どうして落ちてこないのか、訊《き》いても誰も教えてくれない。いまは江戸で商人になっている親友の安藤千之助《せんのすけ》だけはいっしょに真剣に考えてくれたが、結局、わからなかった。

手習いの師匠に訊いたら、「そんなことはいいから、お前は帯をちゃんと結ぶほうが大事だ」と言われた。もしかしたら、書物には書いてあるのかもしれないと、いろんな書物を読んだ。このことが書物に親しむきっかけにもなった。

すこしずつ想像はついてきたが、彦馬の疑問は広がる一方だった。

西洋には星について書かれた本がもっとたくさんあるらしい。そういう学問をするにはどこがいちばんいいのか。親戚の多少、もののわかった叔父《おじ》さんに訊くと、

「そりゃあ長崎に行かないと駄目だ」

とも言われた。以来、憧《あこが》れの地になったが、まだ訪れたことはない。

昨年亡くなった高台にある聖渓寺の和尚が、やはり星好きだというので訪ねたことがある。彦馬が十七、八くらいのときである。

「星というのは、何なのですか？」

と訊いた彦馬に、聖渓寺の和尚が、このときは、

「それは坐禅を組むとわかるぞ」

と、墓場の裏にそっと誘うような秘密めかした顔をして言った。

「坐禅を？」

「星を間近に感じることができるようになる。そのときわかる。口ではわからぬ」

自信たっぷりに言うので、彦馬もやってみた。

ひと月ほど通って、一瞬だけそう感じたことはあった。星のなかで坐禅をしていた。だが、星はまわりにあるだけで、とくに変わりはない。結局、星の正体は謎のままだった。

　ただし、和尚は望遠鏡を持っていた。これをときどき覗《のぞ》かせてくれた。月が目の前の煎餅《せんべい》ほどに見える。星はそう大きくはならないが、いままで見えていなかった星が見えるようになる。

「これは凄《すご》い」

　感激し、それからときどき見せてもらいに行った。三年前の夏、

「欲しいのだったら、世話してやるぞ」

と、言われた。すでに御船手方に出仕しており、家督も継いでいた。やりたいことに反対する家族はない。親戚などはどうせ、適当な人生観を言うだけで、本気で心配などしてくれていない。

　和尚の紹介で、長崎の業者から望遠鏡を入手した。性能は掛け値なしに素晴らしく、そのかわり値段は目の玉が飛び出るほどだった。そのために代々、家の持ち物だった田畑もすべて売った。

　親戚中から「お前は馬鹿だ」と非難された。

　そうかもしれなかった。

　拭《ふ》き掃除の途中で、裏手に住む隠居が後ろ向きに歩いているのではないかというようなおぼつかない足取りで、前の小道を通りかかった。

村尾《むらお》新《しん》右衛《え》門《もん》といって、元御蔵奉行をしていた人である。もっとも村尾は四十前後で隠居してしまったという。いまは八十いくつだから、隠居している年月のほうが長い。

その村尾の隠居は、彦馬の家の中がきれいになっているのに気づいたらしく、目を見張った。

「どうしたのかな？　来客でもあるのかな？」

のぞきこみながら訊いた。

「ええ。じつは嫁が来ることになりまして」

嬉《うれ》しくて、つい言ってしまった。

「あんたに嫁が……それは、まことか」

「本当なんです」

「いまからかな？」

「いえ。明日です。明日の夜になりそうとのことで」

村尾はしばし口を開け、それからどうしても信じられないといったように一歩前に出て彦馬の顔を見つめ、

「嫁御はなんというお名前なのかな？」

と、訊いた。

「名？」

「そうじゃ。いくら、あんたのところに来る嫁でも、名前くらいはあるだろう」

「ああ。訊き忘れていました」

そう答えると、思い切り呆《あき》れた顔をされた。それもそうだと彦馬は思う。こんな家に嫁にきてくれるというのに、名前を訊き忘れてくる馬鹿もいない。

いかに有頂天になってしまったか、このことでもわかる。いまごろ、赤松とあの女は、大笑いしているのではないか。

「あいつ、名前も訊かずに帰って行ったぞ。もしかしたら、明日は別の女を行かせてもわからないかもしれぬな」

「ほんと。おっほっほ」

そんな場面を想像して、思わず赤面した。

三

翌日——。

朝、起きるとすぐに、疑いが湧いた。ほんとに来るのか。赤松さまにかつがれたのではないか。

だいたい赤松晋左衛門という人は、御船手方のなかでもあまり評判はよくない。賄賂《わいろ》を強要したり、酔って乱暴を働くこともある。藩の中枢からも重用はされていない。とくに静山公が藩主だったころに、重要な任務からは外されたという。

それもあってか、このところは荒れ気味だったりした。

だいたいがこれまでとくに親しくしていた上司ではない。

それがなぜ、嫁を世話したのか。

突き詰めて考えていくと不安になってくる。やはり、不義密通の冤罪《えんざい》で斬られるというのはありうるのではないか。

この日は、船のほうではなく、城に行くことになっていた。

うわさもすこし流れているらしい。ちらちらと彦馬を見る者がいる。

川尻源吾《かわじりげんご》といって、やはりもてない勘定方の男が怒ったような顔で、彦馬のところにやって来た。

「おい、聞いたぞ」

「うん」

この男を見ていると、女にもてないというのにはそれなりの理由があるのだと思うのである。なんというのか、ひとりよがりという言葉があるが、まさにいつも一人でよがっているのだ。頭の中で自分の都合のいいことを考えては、いきなり喜び出す。その喜びがまわりとは関係なく湧き上がるので、そんなときはほとんど対話というのができない。

だが、川尻を見ていると、自分もこの男のように女の腰が引けるような変なところがあるのかと思って、やたらと不安になってしまうのだった。

彦馬は先だって川尻から、もてない男の会をつくろうと、しきりに誘われた。入ってもいいかなという気もあったが、つくづく入らなくてよかったと思う。

その川尻が、彦馬を突っついて、

「ずるいぞ、雙星。抜け駆けしやがって」

「そう言われてもなあ。それより誰に訊《き》いた？」

「自分でしゃべったんだろうが。裏の隠居に」

あの隠居、足元もおぼつかないくせに、あれから町まで降りてしゃべって回ったらしい。げに恐ろしきは暇人である。

川尻につられて、他に数人が集まってきた。

「ほんとかい」

「どこの家の女だ？」

「彦馬のところに嫁がだと……」

みな、半信半疑である。それはそうだ。こっちもそうなのだから。

七つ（午後四時ごろ）には下城となる。彦馬は急いで家に帰った。

月代《さかやき》と髭《ひげ》を剃《そ》り、井戸端で何度も水を浴びた。

腹を空かしてきて、すぐ飯のしたくというのではかわいそうだろう。そう思って、彦馬は飯のしたくもしておくことにした。

急いでつくるときは、いつもだご汁にする。あご（トビウオの干物）でだしを取り、適当な野菜を入れ、麦ん粉を団子にしたものを入れる。あとはしょう油で味付けするだけで、男でもできる簡単な料理である。

飯のしたくをするうち、夕闇が色を濃くしていく。

夕陽は後ろの山に沈むので、ここらはめったに赤く染まることはないが、今日は空の下のほうが東西南北ともうす赤く染まっていた。こんな空の色もめずらしい。

これはいい兆しなのか、それとも災厄の予兆なのか。

まだ、来ない。舟で、暮れ六つ（日没時）過ぎに来るとは聞いていた。

日が落ちた。

空が暗くなり、星の光がはっきりしてきた。だが、女はまだ来ない。

——何かあったのだろうか。

彦馬は腰を下ろした。星を見ながら待った。

一刻（二時間）が過ぎた。

——やはり、からかわれたのだ。

と、思った。それでも待った。朝までは待ってみるつもりだった。

二刻はゆうに過ぎ、星はずいぶん動いた。

海峡で何かが揺れた。

彦馬は立ち上がった。

対岸に小舟が見えた。

こっちに向かって来ていた。海峡のなかほどで、月明かりでも女だとわかった。彦馬は海で鍛えているので遠目は利く。赤松家の小者でも付き添ってくるかと思ったが、どうやら一人のようである。

女は田平の岸から小舟を自分で漕《こ》いで来ているのだ。

彦馬は船着場の上の台地のようになったところに立ち、小舟に向かって手を上げた。ここだという目印のつもりである。

ぎっ、ぎっ……。

という櫓《ろ》を漕ぐ音が聞こえてきた。舟のようすも見えてきた。荷物はなにもない。足元に小さな風呂敷《ふろしき》が置いてある。

嫁入り道具はそれだけなのだ。

——ああ、いいなあ。

と、彦馬は思った。いい嫁入りだと。

この前見た嫁入りは、藩の上役が町の商家から嫁を取ったときのものだった。大名行列ほど人の数は多くなかったが、豪華さでは上回っていた。簞笥《たんす》が屋敷に入りきれないほどだというので、簞笥部屋を新築するための材木やかわらもいっしょに運んだ。そればかりか、簞笥部屋をつくる大工や左官も行列に参加しているとのことだった。

——なんと馬鹿馬鹿しいのだ。

と、つくづく思ったものだった。

なぜ二人の暮らしの始まりを、見かけ倒しの仰々しさで飾らなければならないのか。わたしがもし嫁をもらうときがあれば、身ひとつで来てもらいたい、と。

あの女は、ほんとに身ひとつで来てくれた。

——なにもいらない。あの人だけで。

夜空がすみずみまで晴れ渡っている。天の川が空を清めようというように大きく流れている。満天に星がちりばめられている。もしも星が彦馬の嫁取りを祝福しているのだったら、豪華過ぎて恥ずかしくなるくらいである。

彦馬は浮足立って転んだりしないよう、足元に気をつけながら、オランダ塀のある坂を船着場まで下りた。昨日の出会いのときほどは緊張していない。波はほとんどなく、ちゃぷちゃぷと静かな音を立てている。夜の海もきれいである。

女は上手に舟を漕いで来る。踏ん張りすぎていない。やわらかく立っている。女なのにたいしたものだと思う。

数間先で女の舟が止まった。

「いらっしゃい」

と、彦馬は言った。どうしても声が硬い。

「はい」

と、女は恥ずかしげに微笑み、それから小舟の上で空を見上げて、

「星が降るようですね」

「ええ。織姫の星が光っています」

と、彦馬は言った。

「どれが、織姫の星ですか？」

と、女は訊いた。

彦馬はやや北東の空を指差した。

「天の川はわかりますね」

平戸と田平の海峡を映したように、大きく流れている。

「はい。きれい」

「その川のほとり、この方向によく光る星があるでしょう。あれが織姫です」

女はすぐにわかったらしく、

「では、彦星《ひこぼし》は？」

「川を南東のほうに渡るのです。こぶしおよそ三つ半ほど。織姫よりはすこし小さいが、光る星があるでしょう。あれが、彦星です」

「まあ、こんなにたくさんの中から、よく見分けがつきますね」

「はい。あれがすばる星。あれが北斗七星、あれが南斗六星……」

すこし調子に乗った。

「星のこと、よくご存じなのですね」

「ええ」

自信を持ってうなずいた。よく知っている。星が見えれば、夜の航海でも方角を誤ることはない。人生の方角もこんなふうに見通せたらいいのだが。

「星って何なのでしょう？」

夜空を見上げたまま、女が訊いた。

彦馬は嬉《うれ》しくなった。

「たぶん、お天道さまと同じもの」

「こんなにたくさん？」

「もしかしたら、月と同じ。あるいは、わたしたちがいるこの地球と同じ。それがずっと遠くにあるだけのことだと思います。でも、何なのだろうって思いましたか？」

「はい」

「それは嬉しい」

星のことなどなにも考えない人がいる。隣りの人はどうしたとか、自分はどう見られているかとか、そんなことばかり考えて、この世にある本当に不思議なことには目もくれない。むしろ星のことを考えているなんて言えば、変わり者だと言われる。

でも、この人はちがう……。当たり前の不思議を感じることができる人。

「ずっと遠くというと、山の上に行っても届かないくらいですか？」

と、女は訊いた。

「はい」

「鳥でも？」

「駄目ですね。一度だけ阿蘇《あそ》山に登ったことがあります。頂上あたりは高くて鳥もあまり来ません。でも、星の高さはまったく変わりませんでした」

「星っていくつあるのでしょう？」

と、女はまた訊いた。

「数えると、ざっと五千から六千ほどあります」

「数えたのですか？」

「はい。ずっと見ていると数えられるようになります。目印になる星がいっぱいありますから。でも、わたしは遠すぎて見えない星がもっとたくさんあるのだと思います。それはたぶん、数え切れないほど」

「まあ」

「数え切れない星を見ていると、なんだか泣きたくなることがあります」

「ああ。わかる気がします」

「それはすごくうれしいです」

「ほんとによくご存じで」

「そのかわり、みんなが知っているようなことはよく知りません。いつも周りから変わり者だと言われます」

「わたしはふつつか者です」

「わたしこそ変わり者で愚か者です。自分が駄目な分、あなたを大切にします。だから、ずいぶん大切にできると思います」

女は小舟を岸に寄せてきた。

「じつはこの前、名前を訊《き》き忘れました」

「織江《おりえ》です」

「おるという字は？」

「織姫の織るです」

　わたしの織姫がやって来たのだ。

　手を伸ばすと、織江はぽんとこっちの岸に跳んだ。なんだかわざとのように、すこしよろけて彦馬の胸の中におさまってきた。転ばないように抱きすくめると、魚がはぜるようにきゅっきゅっと動いた。

　このとき彦馬は、

　——もうこの人は、ずっとこっちの岸にいる人だ。

と思った。

四

　ひと月後——。
　彦馬は藩でいちばん大きな船の艫《とも》に座り、首をかしげていた。正午をずいぶん過ぎたのに、織江が弁当を届けにやって来ないのである。

このところ、織江は仕事場に毎日、弁当を届けに来ていた。

ふだんの職場は平戸城（亀岡《かめおか》城）の中ではない。だから、織江も来ることができる。しなくていいとは言ったのだが、朝、つくったものより、昼間つくったものを届けたほうが、腐ったり匂ったりすることはないからというのだ。

この弁当がまた、うまい。それで結局、楽しみになってしまった。

ここらにはない味付けである。

甘辛く煮た小魚や小エビのうまさは格別で、あれさえあればいくらでも飯が食えるくらいだ。それにしてもあれだけの甘みを出すには砂糖をつかわなければならない。砂糖などというのは高価で、三十俵一人扶持《ぶち》の軽輩には買えたものではない。

そのことを問うと、

「砂糖など買いませぬよ。山を歩いていて、みつばちの巣を見つけました。それを絞っておいたのです」

そう言って、小さな壺《つぼ》を見せてくれた。

「山を歩いたのか」

「はい。大好きです」

「わたしもだ」

海がいちばん好きだが、山も好きである。もしかしたら人が駄目なだけなのかもしれない。

——どうしたのだろう。

と、家からの道を眺める。そう遠くはない。四半刻（三十分）もかからないくらいなのだ。

「あれ、今日は御新造さまがまだ来ないのですか？　もう、熱が冷めてきたかな」

船乗りのひとりがからかうように言った。

気になるが、仕事をうっちゃって帰るわけにはいかない。今月の末には壱岐《いき》へ船を出し、帰りは南方の海を回ってくることになっている。

外海の航海は、幕府から禁じられているが、そのぎりぎりのところを回る。多少はまちがったふりをして、はみ出すこともあるだろう。そのための船の整備や航路の確認、海の地図の修正、積み荷の準備など、さまざまな仕事がある。

そういえば、夕べは織江と七夕（旧暦）を祝った。

笹竹の飾りが平戸とはちがう。ずいぶん質素である。もしかしたら、江戸のやり方ではないかと、ちらりと思った。

七夕は本来、日本では、七月十五日の満月祭にそなえるみそぎの行事だった。人身御供となる若い娘が、水辺で機を織りながら神を待った。

これにもろこしから伝わったお盆と牽牛《けんぎゅう》織女の祭りがいっしょになった。

彦馬は短冊に願いごとを書いた。どんどん書いていくうちに夢がふくらんでいった。

学びたい。金になる仕事もしたい。いつもというわけにはいかないが、ごくたまには織江に贅沢《ぜいたく》もさせてやりたい……。書けば書くほど、欲もふくらんでいく気がする。

彦馬が書くのを笑いながら見ていた織江に、

「織江もなにか書けばいい」

と、言った。

「でも、願いごとは胸に秘めたほうが叶《かな》う気がするの」

「そうかな。わたしはどんどん明らかにしたほうが、夢に向かって頑張ることができる気がするよ」

「では、ひとつだけ」

織江はさらさらと筆を動かした。

　このままで

と、書いた。きれいな字である。下手くそな彦馬の字が、村芝居を見て笑っている人たちのように見えた。

「このままで、か？」

「はい」

「もうすこし欲があってもいいのに」

そう言うと、織江はすこし寂しげに笑ったように見えた。

そのあと、気になることがあった。

——あれはなんだったのか？

夜中に目を覚ますと、寝床に織江がいなかった。廁《かわや》にでも立ったかと思ったが、なかなかもどらない。

庭に出てみた。雲が出ている。切れ間もあるが、けっして明るくはない。

カキン。

という金属同士がぶつかるような音がした。浜辺のほうである。

坂を下りた。左手には砂浜がある。そっちで音がしたように思えた。

——なんだ、あれは。

遠くで人影が交錯するのが見えた。

獣が暴れているのかと思った。人が動いているにしては素早すぎる気がした。走って交差した。光ったのは刃ではないか。

腰をかがめ、ゆっくり近づいた。途中、落ちていた石を拾った。あいつらが曲者《くせもの》であっても、こっちは武器がなにもない。

十間ほど近づいて、はっとなった。

身体つきが織江である。なんで織江がこんなところに？

すぐに思ったのは、赤松さまのところの下男と喧嘩《けんか》でもしているのかということだった。あそこの下男にひどく感じの悪いやつがいたのだ。どんな理由かは知らないが、あいつが織江を脅しに来たのではないか。なんの根拠もないが、それくらいしか思いつかない。

織江と思われる女の手から、小さな流星が二つ飛んだ。それは別々の軌跡をたどって、男の身体に当たった――ように見えた。

石を投げる格好をしながら近づいた。

「誰だ。何をしている」

大声で怒鳴った。

二つの影が遠ざかった。一つは海にもぐりこんで行ったように見えた。

いまのは織江ではなかったか。

さっき影が交錯したあたりに恐る恐る近づくと、あたりを見回した。

さっきの流星が二つ、落ちていた。それを拾った。

――手裏剣ではないか。

めずらしいかたちである。ふつう手裏剣は小柄《こづか》を小さくしたようなかたちか、十字形をしている。これはクラゲのような五つの角を持っている。星形である。

ちょっと血がついている。いったんは刺さったか、かすったかしたらしい。手を怪我したりしないよう、手ぬぐいに包んで持って帰った。

もどると、織江は寝床で眠っていた。

――ちがったか？

と思ったが、足のかかとのところで砂の粒がかすかに光っていた。

朝、さりげなく訊《き》いてみた。

「夜中に外に行かなかったかい？」

「ああ。なにか物音がしたので、庭に出て海のほうをのぞいたのですが、すぐに寝てしまいました」

「織江も物音を聞いたか。じつは、浜辺でこれを拾ったのさ」

と、手裏剣も見せた。

「なんでしょう。夜空の星？」

と、織江は不思議そうに訊いた。

「そんな馬鹿な」

なにか納得はいかなかったが、あまり問い詰めてもよくない気がした。長い歳月をともにしていく相手なのである。隠しごとは自然にわかるし、わからなくとも暮らしの中で風化していけばいい。たぶん、夫婦だって、お互い知らないことは山ほどあるのだろう。

そんなことがあったから、よけいに織江が弁当を持って来ないことが気になった。腹は空いたが、そんなことはどうでもいい。独り身のときは、一食抜くことなどしょっちゅうだった。

七つになるのが待ち遠しく、やっと時刻になると走って家にもどった。

「織江」

戸口で声をかけた。耳になじんできていた「お帰りなさい」の声がない。

ゆっくり家に入った。

「…………」

織江はいない。

広い家ではない。庭に面して二部屋。奥に台所とその隣りの小部屋。それだけしかない。

やけに静かだった。

嫌な予感がした。

五

彦馬はなんのことやらさっぱりわからない。

織江がもどってこないのだ。

その晩は寝ないで待った。結局、帰ってこなかった。二日、三日と過ぎた。なんの連絡もない。

書置きもない。だいたいが風呂敷《ふろしき》ひとつできたくらいだから、なくなるものもない。織江はこの家にいるあいだ、なにひとつ自分のものを買っていない。

海も見てまわった。

だが、たぶん海で溺《おぼ》れたということはないと思う。織江は泳げたはずだからだ。泳いだところを見たわけではない。泳げると聞いてもいない。だが、彦馬にはわかる。

織江は舟を漕《こ》ぐときも、乗っているときも、まったく水を恐れていなかった。あれは、泳ぐことができるからなのだ。

女で泳げるというのはどういうことか。海女《あま》だったのか。だが、織江はほとんど日焼けをしていなかった。真っ白な磁器のような肌だった。海女であるわけがない。

あの日、漕いできた舟は赤松家から借りたものだった。それはとうに、赤松家の下男に乗って帰ってもらった。彦馬の舟もつないだままである。では、織江は平戸島のどこかにはいるのだろうか。

夜になると、風が出てきた。軒先で笹の葉がざわざわしていた。七夕が終わっても片づけずにいる。

——あ。

短冊が風で飛ばされたのではないか。飛んで行って、笹の葉をかきわけた。彦馬が書いた短冊は、もうほとんどが千切《ちぎ》れて風に飛ばされていたが、織江の書いた短冊は残っていた。

「このままで」

そっとはずし、大事な星の書物のあいだに挟んだ。

織江がいなくなって四日後——。

赤松の屋敷を訪ねた。

玄関わきの小部屋で待たされた。このあいだとはずいぶんな違いだが、もともとはこれが分相応なのだ。

家中がぴりぴりしているのが感じられた。

奥で怒鳴り声がしている。

「博多《はかた》に南国屋などという店はないだと。どういうことだ！」

「わたしもどういうことかと」

「きさま、わしをだましたな」

「だましたなどと滅相もない」

片方は際限なく詫《わ》びつづけている気配だった。

それから四半刻ほどして、赤松はやっと出てきた。

「なんだ、雙星、早く言え」

いきなり怒鳴った。

「じつは、世話していただいた織江が、四日前からいなくなりまして。赤松さまならご存じであろうと」

「わしは知らん」

「こちらに参ったのでは」

「来ておらんな。たぶん実家のほうに帰ったのだろう」

「実家はどこですか」

「じつは江戸かもしれぬ」

「かもしれぬとはどういうことですか？」

「わしもよくしらぬのだ」

「そんな、いい加減な。では、わたしも江戸に行きます」

「無駄だ」

「どうしてですか」

「途中で病没したらしい」

「死んだ……」

信じられない話である。

「雙星。忘れろ。あれは嫁ではなかったのだ」

「そんな馬鹿な」

「だいたい、わしもそんなわけはないと思ったのだ。妙なおなごで、浮世離れした学者のような人が好きなどというから、そんなものかと思ったが、そのほうのような男に、あんないい女が惚《ほ》れるわけがない。ええい、腹が立つ」

と、襖《ふすま》を蹴《け》った。下手な富士山の絵が描かれていたが、その中腹に穴が開いた。

「だから、忘れろ」

「忘れられませぬ」

「おなごに執心するなどくだらぬぞ」

「くだらなくはないと思いますが」

彦馬がそう言うと、赤松の目がめりめりと裂けたように見えた。

「そんな女々しいやつは、わしが叩《たた》き斬ってやる」

いったん奥に入ったかと思うと、すぐに抜き身の刀を手にやってきた。

「な、なにを」

「もう、こうなりゃ自棄《やけ》だ」

本当に刀をふるって襲いかかってきた。

彦馬は裸足《はだし》で飛び出し、一目散に逃げた。


「大変だ、赤松さまが！」

と、船乗りが騒いでいた。彦馬はその声を、道の途中で聞いた。

赤松の家を逃げ出した翌日のことである。

赤松は何か重大な失態をしでかしたらしく、船の中で腹を切って死んでしまった。

今日、お城でなにか問い質《ただ》されることになっていたという。

目付たちが慌てて検死にやってきて、午後にはもう御船手方の彦馬も血を洗い流す作業をさせられた。

ひそひそ話が耳に入ってくる。

「織江」

という名前も聞こえた。

すこしずつ耳に入る話を寄せ集めると、赤松は博多に本店を持つ南国屋という廻《かい》船《せん》問屋と懇意にしているはずだったが、そんな店はなかったのだという。そして、織江はそのありもしない南国屋の紹介ということで、雙星のところに嫁にきたらしい。

彦馬はまるで知らなかった。

また、それは織江がしたことではないだろうが、この二、三年ほど藩が新しくつくったり、改修したりした船の図面がぜんぶ無くなっていたらしい。

彦馬もその件について詮議《せんぎ》を受けたが、なにも知らない。

直接の上司である組頭からも呼ばれたが同様である。組頭はあきれ、

「その織江という女が、万が一、密偵だったとしても、そなたのところに潜入したのは失敗だったろうな。なんで、そなたのところにきたのだろう？」

「さあ？」

彦馬だってそんなことはわからない。

同僚たちは、彦馬のところには近づいてこないが、喜んだり、面白がったりしているようだった。

六

――わたしにも何かお咎《とが》めがあるのではないか。

彦馬はそう思っていたが、何も言ってこない。

四、五日は緊張した日々を送った。もちろん織江の捜索を諦《あきら》めたわけではなく、非番の日には山のほうにも行ってみた。

七月の下旬になって、壱岐への巡航の中止が決まった。これにはがっかりだった。新妻の織江がいたなら、数ヶ月も平戸を留守にすることの不安や未練も湧いただろうが、もうそんなものはない。

壱岐からぐるっと南方へ出る予定もあった。なにか新しい任務もあるかもしれないと言われていた。それは、どうやら江戸の静山公の期待するところでもあったらしい。

南に行くと、海上には平戸から見えない星が見えたりもする。それも大きな楽しみだったのだが。

お城で中止を告げられたその帰り、平戸の町中にある〈栄泉堂〉という古道具屋の前で思わず足が止まった。

――まさか。

目を疑った。死んだはずの人間がいる。

思わず声をかけた。

「荘助《そうすけ》ではないか。宇久《うく》島の荘助だろう?」

宇久島とは平戸島からさらに西南のほうにある島で、かつては海賊の島だったという。荘助もまた、海賊の血を引く者だった。

もっとも、海賊というとすべて凶悪な海の強盗と思われがちだが、ちゃんとした交易をしていた者もいる。荘助が自分で言うには、

「おれのところは海賊というより、海貴族とでも言えるような、上品な家系だった」

ということだった。

この荘助は、彦馬と話が合う数少ない友でもあった。

それが、去年の夏、宇久島から平戸に来る途中、荘助が乗っていた船は嵐にあって難破し、海の藻屑《もくず》と消えた、と聞いたのである。彦馬はひどく落胆し、海に向かって祈ったものだった。

だが、ちらりと見たいまの男は、荘助にしか見えなかった。

「おい、待て」

男はすばやくこちらを見ただけで、足早に去って行こうとする。

「待ってくれ、あんた」

彦馬が足を速めると、向こうも速める。ついには、二人とも駆け足のようになった。

漁師が多く住む町に入った。

ここは小さな家が並び、通路にも網が干してあったりして歩きにくい。

だが、荘助に似た男はこうした道も慣れているらしい足取りで走り抜けていく。

前に老婆がたらいを持って立ち止まった。急げば突き飛ばすことになりそうである。

「ちょっと、通してくれ」

「は？」

「そこを」

倒れないよう、老婆をうまく支えながら、すり抜けた。

その前に海が広がった。だが、見渡した限り、さっきの男の姿はない。

見失ってしまった。

——別人なら逃げるだろうか。

もしかしたら、荘助と顔は似ているが、親類で脛《すね》に傷を持つ男だったかもしれない。なにせ海賊の血が流れる連中である。

表通りの〈栄泉堂〉までもどってみた。そこは、前から顔なじみの店である。

「さっき、総髪を後ろで結んだ色の黒い男が来ただろう？」

「ええ。お見えでしたよ」

「なにか買ったのかい？」

と、傷だらけの眼鏡をかけたあるじがうなずいた。眼鏡をはずしたほうがよく見えるのではないか。

「いいえ。望遠鏡のガラスが割れたんだそうです。それで替えは置いてないかと来られたのですが、たいそう立派なもので、うまく合うものはなかったのです。それで、こんな立派な望遠鏡をお持ちなのは、平戸では江戸におられる静山公か、御船手方の雙星さまとおっしゃる方くらいで、雙星さまは替えのガラスもお持ちでしたが、とそんなことを申しあげました」

「うむ。それでなにか言ったかい？」

「ああ、彦馬がな、と小さな声でおっしゃいました」

「雙星と言ったら、彦馬と？」

「ええ。ご存じだったみたいですよ」

やっぱり荘助だったのだ。

それなら、どうして逃げたのだろう。なぜ、難破して死んだなどという話が出回ったのだろう。

奇妙である。

もしかしたら、織江がいなくなったこととも関係があるのだろうか？

だが、織江のことは単なる想像でしかなかった。

「彦馬さん……」

縁側のほうにいきなり人影が立った。逆光で見えにくい。影は二つあった。

「挨拶《あいさつ》に来たんだよ」

「ああ、佐太郎《さたろう》さんか」

三つ下のいとこだった。最近、嫁をもらったのだ。ちょっと遠方で、無理して来なくてもいいと言われたので、祝言には行かなかった。

「悪かったたな。祝言に行かずに」

「なあに、あまり変わった人が来ると、目立つから来ないほうがよかったんだよ」

と、微妙なことを言った。半月ほど前、城下で会ったときは、「祝言もあげないような嫁取りは駄目だよ」と、説教されたものだった。

相手は前に「雙星さまのところに嫁に行くくらいなら、舌を嚙《か》んで死ぬ」と言った女だった。遠縁の娘で、誰かが彦馬にどうかと話をしたらしかった。きれいということでは、織江といい勝負をする。

だが、表情に魅力がなかった。

「おめでとうございました」

女にそう言うと、

「いたりませぬが、今後ともよろしくお願いいたします」

と、答えた。もう何度も繰り返したと思われる言葉だった。実感もなかった。

それでも彦馬は、できるだけそつのないよう応対したつもりである。

織江が消えたという一大事があっても、こうして儀礼的なお祝いを言ったりしている自分は何なのだろうと思った。そして、そんな儀礼をきわめて大事なものとする世間というのは何なのだろうと。

「では……」

嫁は別れの挨拶を言うと、にやっと笑ったように見えた。そう感じたのは、お歯黒のせいではないか。

そういえば、お歯黒のことで織江と話をしたことがあった。

お歯黒をするか、しないか。織江は嫁に来て半月ほどしてもまだお歯黒をしてなかった。

「そろそろお歯黒をしなくちゃいけないわ」

「あんな気味の悪いものを？」

「そうしないと、彦馬さまの妻ということにならないもの」

「やらなくていいよ」

　と、彦馬は言った。あまり好きでない。

「でも、しなければいけないわ」

「そうなのか」してない人も何人も見た。ただ、ほとんどが離島の女たちだったが。

「きれいな歯なのに」

「あたしもそう思う」

「わざわざ黒くしなくてもいい。とくに誰かと話すわけではないだろう？」

「ええ」

「そんなときは、口をこうやって隠して」

「そうね」

「歯もきれいだが、唇もきれいだ」

「そう？　あたし、唇きれい？　嬉《うれ》しい」

　笑顔は三日月が横にのびたみたいに、白く神々しく輝いた。お歯黒をしていたら、絶対に見られない笑顔だった。

　――あのとき、お歯黒をさせてしまえばよかった。

と、彦馬は思った。そうしたら、織江はまだ、わたしのところにいたかもしれない。

いつのまにか庭先が暗くなっていた。いとこが帰ったあと、ぼんやりしてしまったらしい。昼飯を食べていないが、腹も減っていない。

織江、どこに消えたのだ。

赤松は、「江戸かもしれぬ」と言った。

——江戸か……。

根拠と言えるものはなにもなかったが、彦馬はまちがいないと思った。泳げるし、山歩きもする。それでも織江は町の女の匂いがした。大坂でも京都でもない。江戸だ。遠い江戸。

彦馬は一度も行ったことはない。ちょっとした機会はあったが、駄目になってしまった。

だが、江戸には友人がいる。頼りになる男である。書状を出してみるか——。

ちびた下駄をつっかけ、外に出て、夜空を見上げた。

牽牛《けんぎゅう》の星。

織女の星。

ふたつを交互に見ているうち、星が流れ出した。目がかすんだかと思ったがちがった。流星が次から次へと夜空を横切った。

それに浚《さら》われるように織女の星が消えた。

――嘘だろう。

啞然《あぜん》とした。星は消えるものではない。流れ星になって落ちたりもしない。あれは別のものなのだ。だから、薄い雲でも出て、隠れただけなのだろう。

織江がいなくなったことをひしひしと実感させられる。

たったひと月だった。

夢のような日々が、手のひらから砂のようにこぼれ落ちていく。

だが、夢ではない。織江はまちがいなく、この腕の中にいた。

残されたのは、「このままで」と書かれた短冊と、二つの星のかたちをした手裏剣だけである。しかも、短冊は風に吹かれてよれよれだし、手裏剣はすでに錆《さび》が出てきていた。織江を偲《しの》ぶものがこれだけというのも情けない。

彦馬の胸に、深い悲しみが夜の潮のように満ちてきていた。

第二話　くノ一の母

一

江戸の真ん中から浅草へ向かって、神田《かんだ》川を越えたあたり——。

この界隈《かいわい》は向こう柳原《やなぎわら》といわれ、町人たちの往来がほとんどなく、広大な大名屋敷が立ち並ぶ閑静なところである。

八月（旧暦）の爽《さわ》やかな風が、屋敷から道の上にこぼれ出ている木々の緑をざわめかせて通り過ぎている。清潔で端正な町の景色だった。

ここを奇妙な風体の物売りが歩いていた。

「とんとん唐がらし、ぴりりと辛いは山椒《さんしょう》の子、すはすは辛いは胡椒《こしょう》の子、ケシの子、胡麻《ごま》の子、陳皮の子……」

真っ赤な着物に真っ赤な袴《はかま》、しかも真っ赤な頭巾《ずきん》に真っ赤な前掛けと赤ずくめの装いである。これだけでも目立つのに、大きな赤い唐がらしの張りぼてを背負っている。これは、七味唐がらし売りなのである。

調子のいい売り声を静かな通りに響かせているが、本職ではない。

平戸から突然、消えた織江が、この派手な物売りに扮《ふん》していた。

「おい、唐がらし売り」

と、声がかかった。出羽《でわ》鶴岡《つるおか》藩の下屋敷である。大名屋敷の外側の塀は、たいがい家来たちの長屋を兼ねている。なまこ塀の上部に格子窓があり、ここから手を出して、外を歩く棒手振《ぼてふ》りや物売りからなにか買ったりもする。

「はい、ただいま」

織江が窓の下に行くと、

「おう、女か。めずらしいな」

と、いかつい顔をした若い侍が言った。

「そうですね。あまりいないですね」

織江は木箱からすでに紙袋に詰めてある商品を取り出しながら答えた。

じっさい、女の唐がらし売りは珍しい。だから、これに化けることにした。

密偵が変装するときは、もっとも目立たない身分や職業を選ぶ。僧侶《そうりょ》、棒手振り、浪人者、くノ一なら、流しの髪結い、清元の師匠……。

織江はむしろめずらしいものに化ける。密偵なら、わざわざ目立つ者になるわけがないからだ。当たり前のほうが怪しい。自分が逆の立場でもそっちを疑う。

だが、珍しいものは怪しまれないかわり、化けるのが難しい。この何日かは売り声の稽古《けいこ》で大変だった。

顔のほうもかなり化けた。眉《まゆ》を下がり気味に描き、目を大きな二重まぶたにし、口紅を唇からはみ出すように塗って、ふくみ綿をしている。しかも、化粧によって顔の陰影を変えている。何もしていない織江の顔を知っている者には、まったくの別人としか思えないだろう。

「寄っていかぬか」

侍は品物を受け取り、代金を渡しながら言った。

「こちらのお屋敷にですか？」

「うむ。どうせ、ほとんど誰もおらぬのだ。茶でも飲みながら、話でもしようではないか」

「まあ」

「なんなら、あと四、五袋買ってもよいぞ」

それで手ごめにされていたら割に合わない。

「また、今度、お願いしますね」

「なんだよ、せっかくよがらせてやろうと思ったのによ」

背中にそんな言葉を投げて寄こした。

大きな大名家の江戸藩邸に、しばしばこの手の男がいる。卑猥《ひわい》な言葉で女をいたぶり、ふだんの鬱屈《うっくつ》を晴らす。

からかいの言葉にいちいち怒っているようでは、物売りに化けてはいられない。

塀沿いに行くうち、足が重くなってきた。めあての大名屋敷はすぐそこの、平戸藩江戸屋敷なのだが、ためらいのような気持ちが出てきた。嫌な予感がする。

警備はさほど厳重ではない。向こうに見える表門のあたりにも人影はない。

「ちょいと、唐がらし売り」

窓から声がかかった。女の声である。

「はい」

織江が窓の下に行くと、代金といっしょに小さな木の実を渡して寄こした。

女は、すでに潜入している仲間の密偵のお弓《ゆみ》だった。仲間といっても、お弓の家は、小者の織江の家とちがって、れっきとしたお庭番の家である。いままでもあまり親しく付き合ったことはなかった。歳は織江よりひとつかふたつ上のはずである。

唐がらしといっしょに、こちらも上司の指示が書かれた紙を渡した。中身は見ていないが、とくにどこそこを探れとかいった命令が記されているはずである。もちろんこの紙は、読み終えたらすぐに焼却することになっている。

お弓は目を合わさない。言葉もかけてこない。意地悪でしているのではないか。

こういう女には綽名《あだな》をつけてやりたい。石地蔵《いしじぞう》のお弓というのはどうか。

だいたいがこういう愛想のない態度はむしろ不自然である。なにげなく話したほうが怪しまれない。

潜入してすでに三月ほど経つが、お弓はずっとそうである。もしかしたら屋敷の中でも無口で無愛想な女という性格を演じているのかもしれない。だとしたら、お弓の態度も不自然ではないのだが。

やりとりが終わり、歩き出した。

表門のほうには行かず、来た道をもどった。

「女、待て」

後ろから声がかかった。

そのまま気づかないふりをして歩く。

「おい、待てと言っているだろう」

織江は振り向いてにっこり笑うと、すっと角を左に曲がった。

平戸藩の上屋敷の塀がつづいている。右手もなまこ塀だが、掘割がある。こちらは出羽久保田《くぼた》藩の下屋敷である。

「こら、逃げるな」

単なる藩士で忍びの者ではなさそうである。

平戸の忍びはかなりやる。この前の平戸の浜の戦いでは、相手に傷は負わせたが、決着をつけることはできなかった。もっともあのときは、途中で彦馬の邪魔が入ってしまったのだが。

織江は、突き出していたケヤキの枝をつかんだ。はずみをつけ、身体をひねりながら、平戸藩の藩邸の塀の屋根に飛び移った。内側は花がとうに終わったアジサイの一群で、織江はそこに降りた。さすがに唐がらしの張りぼてや木箱は邪魔になるが、置いていくわけにもいかない。

角を曲がってきた二人が立ち止まった。

「あやつ。どこに消えた？　出羽久保田藩邸か」

他藩の藩邸に飛び込んだら、平戸藩も手のうちようがない。

「まさか、ここから当藩邸内に」

「こっちに入られた日には、われらの落ち度になるぞ。いちおう調べてみよう。おぬしはそっちに回れ。わしは表門から入る」

二人の足音が右と左に遠ざかった。わかりやすい男たちである。

二人くらい相手にする自信はある。だが、いくら人けが少ないとはいえ、天下の往来である。昼間からこんなところで戦うわけにはいかない。

織江はもう一度、塀を越えて前の道に出ると、今度は逆の出羽久保田藩の下屋敷に入った。ここは下屋敷で藩士もほとんどいない。

悠々と庭を抜け、反対側から町人地の道に出た。

――なにかしくじったかしら。

あの二人はなぜ、声をかけてきたのか。怪しまれるような失敗をしたとは思えないが、自信はない。

なにせ平戸に行ってから調子が落ちた。ぼんやり考えこんでいたり、気分がすっきりしなかったりする。こういうときは、つまらぬ失敗をする。

――気をつけなければ……。

自分に言い聞かせた。

二

お城の日比谷《ひびや》御門のすぐわきに、桜田御用屋敷と呼ばれる一画がある。およそ四千坪ほどの敷地で、すぐ近くにある南町奉行所全体の敷地がおよそ二千七百坪だから、かなり広い。

じつはここが、将軍直属の密偵組織であるお庭番たちの組屋敷である。

お庭番というのは、江戸の初期にはない。かつてはかなりの役目を担ったであろう伊賀《いが》忍者や甲賀《こうが》忍者、あるいは柳生《やぎゅう》一族などが凋落《ちょうらく》し、八代将軍吉宗が自らつくった密偵の組織がお庭番であった。

その桜田御用屋敷の中庭に面した道場で――。

男が二人、真剣をつかんで向き合っていた。

ほかに、この屋敷の者が五、六人、隅に座って、緊張した顔で見守っている。その中に織江もいた。

一目でどちらが強いかはわかる。

ゆったりと構えた長身の男は、織江の上司である川村真一郎《かわむらしんいちろう》だった。まだ三十をすこし出たほどの若さだが、お庭番の中でももっとも優秀な男と目されている。

「すくむな。遠慮せずにかかってこい」

対峙《たいじ》しているほうは、織江と同じく下働きの身分の万三《まんぞう》という男である。筋肉質の締まった身体をしているのだが、すでに恐怖をあらわにしている。顔は蒼白《そうはく》であり、汗がとめどなく滴り落ち、息はすっかり上がってしまっている。

「たあっ」

万三は、袈裟《けさ》掛けに斬り降ろした。

川村はこれをわずかに身体をひねっただけでかわした。刃を打ちつけることもしない。完全に相手の剣を見切っているのだ。

「もっと、踏み込んでこい。皮一枚でも斬ってみろ。すっと血が流れるからわかるだろう」

と言って、にやりとした。胸の筋肉を一筋、血が流れた気がした。

万三は、じっさいに他国の敵に追い詰められたような形相で、思い切り斬ってかかった。今度は川村もこれを、

がきっ。

と、刃で受け、突き放し、万三が崩れた体勢を立て直そうとしたときに、くるりと翻った刃が万三の首をはねた——かに見えた。

寸止め。

「ひっ」

万三の足ががくがくと震え、膝《ひざ》から崩れ落ちた。

凄《すご》い技量である。だが、相手をいたぶって楽しんでいるような嫌な感じがある。

長身で、筋肉隆々。

彦馬の体型を思い出した。彦馬だって足や腕の筋肉は捨てたものではなかった。ただ、どこか均整が取れていない。川村のように隆々というふうには見えない。武術で鍛えた筋肉ではないからなのか。ひたすら船を漕《こ》ぎ、たまの野良仕事を足すと、あんな筋肉になるのかもしれない。

さらに彦馬とちがうのは、川村が類《たぐい》まれな美男子だというところである。男として魅力があるのかもしれない。現に、平戸藩の上屋敷に潜入しているお弓は、この川村に死ぬほど惚《ほ》れているという噂がある。

織江はまったくぴんとこない。というより、この男は面白くない。

「織江、相手せい」

と、いきなり川村は言った。

「え？」

「見せてやれ。そなたの技量を。こいつらに、くノ一でもここまでやるのだと」

上司の命令である。断わるわけにはいかない。

さすがに川村も真剣は置き、木刀をつかんだ。織江も短い短刀を模した木刀をつかんだ。

そのまま道場の真ん中に立った。

「袴《はかま》はよいのか」

「かまいません」

着物では足さばきが鈍くなる。だが、実戦の場で、いちいち袴をはくのを待ってくれる敵はいない。

織江は川村の目を見ない。むしろ足先を見る。

足の動きで次の動きを察知する。頭で察知しているようでは遅い。

相手の足先と、こっちの身体がつながっているくらいに速く反応しなければ、川村の鋭い剣は避けようがない。

川村の足の指先に力が入ったとき、織江は一歩、後退している。伸びてきた剣先をかわして、右に跳ぶ。川村はさらに、木刀を寝かせながら、織江の右手から横なぐりに打ち込んできた。これを左後ろに跳んでかわしながら、突いて出る機会を探った。

隙はない。

さらに強く、足の指先に力がこもった。

——本気か？

あの太刀を本気で受けるには、こっちも技の限りをつくさなければならない。そうなれば、木刀といえど、相当な怪我もする。

目を合わせた。織江の持った短い木刀の先がゆらりと揺れた。

川村の目が一瞬、焦点を失ったように見えた。

「やっ」

と、織江が小さく叫んだ。

「ここまでにしよう」

川村が木刀を下ろした。道場内にほっとした気配が流れた。

男たちも、織江の動きに感嘆したようだった。

御用屋敷の中にある川村真一郎の家の、奥の部屋に入った。

「茶を」

川村が玄関わきの部屋に声をかけた。

「わたしが」

と、織江は台所に立とうとした。

「そなたはよい。大事な戦力だ。茶汲《く》みなどそこらのボケナスどもにさせればよいのだ。それより、どうだった、平戸の上屋敷は？」

「じつは……」

と、二人の男に声をかけられ、追われたことを語った。

「追われた？」

「正体を知られたというほどではないと思うのですが」

「怪しい者と思われたというのか」

「はい」

と、悔しげに言った。どうしてあんな抜け作みたいな武士に怪しいと思われたのか。返す返すも腹が立つ。織江は見かけよりもずっと勝気な性分である。

「ふうむ。では、次は別の者に行かせることにしよう」

川村は、織江が受け取ってきた木の実を、小柄《こづか》の先で割った。中から小さな紙切れが出てきた。

「お弓はよくやっているぞ。そなたといい、お蝶《ちょう》といい、そしてお弓といい、おなごのほうが格段によくやっておる」

と言いながら、紙切れを広げ、さらに別の冊子をめくって、表のようなものと照らし合わせながら読んだ。暗号になっているのだ。その冊子がなければ、織江が見ても判別することは難しい。

「やはり、本山は本所中之郷《ほんじよなかのごう》だな。静山を見張らなければ」

と、川村は言った。

静山とは、平戸藩の前藩主松浦清の号である。平戸藩の上屋敷はさっきの向こう柳原だが、広大な下屋敷が、大川の向こう、本所中之郷にある。静山は隠居後は平戸にもどらず、ほとんどその下屋敷で暮らしていた。

――静山は曲者《くせもの》だ。

とは、先輩たちからも聞いている。

ここ数年、西海の動きがきな臭い。どうもあのあたりの海で、密貿易がおこなわれているのではないか？　そんな推測がなされている。平戸も怪しい藩の筆頭である。

松浦静山は、それを知りつつ、黙認しているのではないか？

それを探るため、織江は平戸に潜入していたのだ。

御船手方というのが、その役目を担っているのではないか。しかも、江戸藩邸での探索によれば、松浦静山が高く評価しているのが、御船手方の雙星彦馬という若い男らしい。もしかしたら、陰の腹心かもしれない……。

織江は彦馬に謎の心術をかけ、その静山の真意を探ろうとしたのだった。

彦馬はそれについては何も知らなかったが、別の方面から収穫を得た織江は、正体がばれる前に平戸を去ったのである。

「静山に接近する役目は、そなたにやってもらうかもしれぬ」

「それはかまいませぬが、もう一度、平戸に潜入させてもらえませぬか」

「なぜだ？」

茶をすすりながら、川村真一郎は上目づかいに織江を見た。

「もしかしたら突っつける筋があったのです」

「ふむ」

嘘である。彦馬に会いたい。せめて別れの挨拶《あいさつ》くらいは言いたい。

もどってくる途中はさほどでもなかった。

江戸に来たら急速に強い思いになった。

「考えておこう」

と、川村は言った。

許可は出るわけがない。

三

「母さん……」

織江は御用屋敷のいちばん端にある長屋の土間に立った。

「お帰り」

「遅くなってごめんなさい。昼ごはんまだでしょ。お腹空いた？」

「いや、大丈夫だよ」

「すぐだからね」

いま、御用屋敷の門前にきていた物売りからおにぎりを二つ買ってきた。これをひとつずつ茶碗《ちゃわん》に入れ、箸《はし》でほぐした。あさりの佃煮《つくだに》は昨日買っておいたもの。それにナスの味噌汁《みそしる》、といってもナスを薄く切り、味噌を入れ、上から湯をかけただけである。

それらを膳《ぜん》に並べ、奥の部屋に運んだ。

平戸にいたときは毎日、料理をした。やればうまいものをつくる自信はある。じっさい彦馬は本当においしそうに食べていた。

江戸ではほとんど料理などしない。こっちがほんとである。

——ちょっとやりすぎたかしら。

という思いはある。

欲がなく、他人を羨《うらや》ましがらず、労苦を厭《いと》わない。

そういう女を演じた。くノ一の手練手管で。

そんな女、いるわけがない。いるのは男の頭の中にだけ。いたら、わたしの嫁にする。女はみんな、果てしなく欲が深く、他人はすべてよだれが垂れるほど羨ましく、労苦を厭って朝から寝ていたい。

それを隠して、けなげな女を演じる。きれいな芝居。

だが、そんな芝居がつらかったかというと、そうでもない。それが自分でも不思議だった。これは嘘だと思いつつ、自然にやれたところもあった。

とくに欲をなくして暮らすというのは楽だった。もしかしたら、欲なんてものは捨ててしまったほうが気持ちは楽なのかもしれない。

「さ、食べよう」

「ああ」

母は老いて、病んでいる。

まだ五十五なのに、六十にも七十にも見える。歯が抜けはじめているのも老けて見える理由だろう。

かわいそうだとは思うが、気が滅入《めい》るのも本心である。これが、わたしの未来かと思ってしまう。

織江の母、雅江もくノ一だった。

それどころか、〈天守閣のくノ一〉と言われたくらい凄腕《すごうで》のくノ一だった。

一口に忍びの者とか、くノ一といっても、腕はさまざまである。城にたとえれば、三の丸まで潜入できる者は少なくはない。

だが、本丸まで潜入できる者となると、ほとんどいない。

まして、天守閣ともなると……。

織江の母はくノ一であるにもかかわらず、天守閣まで潜入できるくノ一と言われた。

それでも、こんなことになる。

「ねえ」

と、母の雅江が言った。

「なに」

織江は警戒するような顔になった。また、苦労話が始まるのか。

昔は手柄話をよくしていたのだが、あるときから苦労話ばかりするようになった。

しかも、手柄話よりもはるかに現実味がある。身に沁《し》みる。つくづく悲惨だったなと思ってしまう。

もちろん、それは他人事《ひとごと》ではない。だから、嫌な気分が残る。

「あたしの頂上は、あのときだった……」

雅江はぼそりと言った。

「え？」

「あのとき、恋なんてしたから、下りが始まったのかもしれないがね」

父の話になるのかと、どきりとした。

いままでその話はしたことがない。

「三十五のときだった……」

ちがった。母はいま、五十五。わたしは二十三。

「ある藩の上屋敷に潜入したのだけど、そこに馬のような顔の用人がいてね」

「馬！　まさか、その人と恋仲に？」

「そうだよ」

「馬とね」

と、織江は笑った。

「馬だと言っても、顔が長いだけでぶおとこではなかったよ」

「でも、馬に似てるんでしょ」

「うん」

雅江は懐かしげに笑った。

「織江。あんたはあたしより腕が立つ。心術だけでなく、手裏剣もあたしを上回った。でも、どれほどの高みにいっても、下るときがくる。その下ったときが、くノ一はみじめなんだよ」

「母さんはわたしにくノ一をやめろと言いたいの？」

そんなことができると思っているのだろうか。

「それはまだ考えなくてもいいかもしれない。でも、たとえ身内の者にもこっちの術をすべて見せては駄目だよ」

「え」

「あたしは抜けようと思ったことがある」

「…………」

恐ろしいことを言った。抜けるとは、お庭番のくノ一をやめるということである。そんなこと、許されるわけがない。多くの秘密を握ったくノ一を、世に解き放つわけがない。

「あんたもそうしていたら、もちろんいまごろは、母もあたしもこの世にはいない。

「あんたもそんな日が来るかもしれない。そんなときのため、心術も手裏剣の技もすべて見せたら駄目」

母はできっこないことを言っているのだ。だが、なぜかそれが夢物語ではないような気もする。

じっさい、そうしている。教えられなくても、くノ一の本能がそうさせた。

「母さん、わかってる」

「ほんとかい」

「ほんとよ」

「あたしの娘だね」

「うん」

そうなのだろうと思う。どうしようもなくそうなのだろう。

歳を取ると、同じ説教ばかりするとよく言うが、母の場合、それはほとんどない。それだけいろんな体験をしているのだろう。

今日の説教も初めて聞いた。

それでも嬉《うれ》しい話ではない。うんざりした。

——あとで、お蝶と飲むことにしよう。

と、織江は思った。

夕刻前に、織江は「お蝶ちゃんと外に行ってくる」と言って、出かけていった。見送ったあと、雅江は手文庫から水晶の玉を取り出した。二つの手のひらにすっぽり収まる大きさである。

これを取り出すのはひさしぶりである。

以前は、日になんども取り出して眺めたものだった。絹の切れでよく拭《ふ》いたあと、軽く息をかける。水晶の表面が曇る。その曇りのなかに、あの方の顔が現れるときがある。さっき、織江に「馬のような」と言った男である。

築地《つきじ》にある豊前中津《ぶぜんなかつ》藩の中屋敷——。

藩主奥平昌高《おくだいらまさたか》は以前から幕府が目をつけていた男である。藩主になったときも、前藩主の突然の死のあと、急遽《きゅうきょ》、島津《しまづ》家から養子となってあとを継いだ。いわゆる末期養子と呼ばれるもので、本来は禁じられてきた。ただ、そうなると取り潰《つぶ》しの藩が続出するため、目をつぶってきたところもある。

奥平昌高の場合は、歳まで偽っていた疑いがあった。

しかも、奥平昌高は〈蘭癖〉である。つまり、オランダ狂いである。

オランダ語を熱心に学び、出島のオランダ商館のカピタン（館長）とも、オランダ語で話をした。

蘭癖は、父の島津重豪《しげひで》ゆずりである。

その奥平昌高が恐ろしく高価な買い物をしたのだという。それが大きな板ガラスであったらしい。

それほど中津藩は裕福なのか。

お庭番の内偵が始まった。

雅江は、中津藩中屋敷に奥女中として潜入した。もちろん、一朝一夕にできることではなく、そうした手づるは早くから準備してあった。

だが、藩主昌高にはなかなか接近できない。

奥女中とはいえ、本当の奥までは深く、そうかんたんには立ち入れるものではない。

そんなとき、とぼけた用人、湯川太郎兵衛《ゆかわたろうべえ》と親しくなった。

発句を楽しみ、老成した感じはあったが、当時はまだ、四十にもなっていなかった。ずっと国許《くにもと》で重要な役を担っていたが、江戸藩邸の用人としてやって来た。

この湯川が要《かなめ》にいる――という報告はあった。

雅江は湯川と親しくなった。

そういう言い方は、目的を持ったくノ一にはおかしいかもしれない。だが、そうとしか言いようがなかった。目的は別にしても、魅《ひ》かれるものがあったのである。

男女の仲になって三月ほどしたころ、

「これは、国許で採れた水晶の玉でな」

と、湯川がくれたのだった。

「まあ、きれい」

女はこういうきれいなものが大好きである。

だが、喜びとは別に、水晶の玉は、雅江にひとつの疑問を植え付けた。

水晶が取れるところには、金脈がある。

そんな話を思い出した。

――金が出たのだ。

もともとあのあたりの山には、そうした噂はあったのである。

公儀御領（天領）である日田《ひた》のあたりにも金山がある。

豊前中津藩と日田はすぐ隣り合っている。日田に金が出るなら、中津藩に出ても不思議はない。

だが、金鉱を見つけたという届けはない。

おそらくその件を取り仕切っているのが、江戸にいるけれど、この湯川の仕事のように思える。

――心術で……。

雅江の心術は、敵の心に忍び込み、意のままに操るという術である。

かけるには、瞬時というわけにはいかない。長いあいだかけて、相手の警戒心を拭《ぬぐ》い取り、どんな暗示でもかかるようにしておく。用人の湯川にも数か月かけて術をほどこしておいた。

「金が出たのでしょう?」

雅江の問いに、湯川は、

「出た」

と、うなずいた。あとは、これを上役に報告すればいいだけだった。

だが、雅江はそれを報告しなかったのである。

これは明らかに裏切りだった。

もしも報告をしていれば、中津藩はさらにくわしく探索され、おそらく取り潰しにあったにちがいない。そして、湯川もまたその責を負って、切腹することになったただろう。

雅江はこの事実を呑《の》み込み、その後も何年か、あの屋敷にとどまった。

結局、湯川と雅江は心底、惚《ほ》れあっているのではないかと、桜田屋敷のほうから疑われ、その仲は引き裂かれることになったのだが……。

そしていま、娘も同じようなことになりつつあるのではないか。

この前の旅から帰ったら、ずっと呆《ほう》けたようになっている。

前はそんなことはなかった。まだ、二十三。疲れる歳でもない。

だとしたら、男のことがからんでいるに違いなかった。

――同じような男なのでは……。

母と娘は、しばしば似たような男を好きになる。そんな例は山ほど見てきた。苦笑いしたい気持ちもあれば、なんだかため息をつきたくもなる。血の道というのはつくづく厄介なものだとも思う。同じ轍《てつ》を踏むことが見えていても、それを止めることができない。

「ふっ」

と、水晶玉に息を吹きかけた。

一瞬、人の顔が浮かんだ。だが、それが誰の顔なのかはわからなかった。

四

芝居が跳ねた。通し狂言ではなく、義経を主人公にした新作の一幕物だった。つまらなくはないが、取り立てていい出来とも思えなかった。

「茶屋ではなく、向こうの飲み屋でいいよね」

と、織江は言った。

「いいよ」

と、お蝶はうなずいた。

木挽《こびき》町を抜け、尾張《おわり》町の裏道に入った。

前にも来たことがある小さな飲み屋ののれんをわけた。いちばん隅に座った。

「いいでしょ、あれ」

と、お蝶が言った。市川赤右衛門《いちかわあかえもん》という若手の役者である。

「わたしはあまり好きじゃない。でも、あんたが好きっていうのはわかる。切れ長の目と、台詞《せりふ》のときの間。すっと身を乗り出したくなる感じ」

「わかってるじゃないの。あんたも好きなんでしょう」

「ちがうよ。あんたのようすを隣りで見てわかったの。台詞の間のとき、ぐっと身体が前に行くんだもの」

織江はそのつど、お蝶を見ながら、苦笑いしていたものだった。

「あら、そうだった？　ああ、もう、あたし、赤右衛門と一晩過ごすことができるんだったら、三十両出してもいい」

「役者買い？」

「悪い？」

「あんたの勝手。それにしても、三十両！　そんな金、持ってんの？」

「馬鹿ね、持ってるから、そういう金額になるんじゃない。持ってないやつは、百両とか千両ってなるのよ」

「凄《すご》いね」

「だって、金くらい持ってなかったら、あたしたちの将来みじめだよ」

と、お蝶は真面目な顔になって言った。

「それを役者買いで、三十両、ぱあに？」

「まったくだ。そんなことしちゃ駄目だよね。どうも仕事がきついとくだらないこと考えちゃうから」

「ま、飲もう、飲もう」

織江は銚子《ちょうし》を差し出した。

二人とも酒が好きだった。だが、二人で飲むのは半年ぶりである。このところ、交互に他藩に潜入したりして、なかなかいっしょに飲む機会がなかったのだ。

十代のころから、こんなふうに二人で飲むようになった。

お蝶のところも代々、桜田のお庭番の屋敷で下働きをする家である。子どものころから似たような暮らしをしてきた。ちがうのは、父親がはっきりしているのと、母親はくノ一をしておらず、元は芸者をしていたとのことだった。

そのお蝶の母は、去年、急な病で亡くなり、しばらく元気を無くしていたものである。

「いま、どこやってんの？」

と、織江がお蝶に訊《き》いた。

「薩摩《さつま》から外れたと喜んだら、今度は中津だよ」

お蝶はうんざりした顔で言った。

「豊前か。九州はずっと目が離せないよね」

九州はどこも不穏の気配がある。

その筆頭が島津家の薩摩藩であり、お庭番もここには最大の関心を持ちつづけている。

肥前《ひぜん》の鍋島《なべしま》も目が離せない。

さらに、豊前の奥平がいて、平戸に松浦がいた。

このところ、お庭番の下働きの者たちの大半は、九州の各藩を担当させられていた。

「織江、あんたは？」

「平戸」

「終わったんじゃないんだ？」

「江戸のほうをやることになった」

「怪しいの？」

「わからない」

まだ、確たる証拠はつかめていない。平戸から持ち帰った文書は、奉行の汚職を証明するものにはなっても、藩としての謀《はかりごと》を証明することはできないらしかった。だが、平戸には何かあるという手ごたえはあった。それがなんなのかは、織江にもまだわからないのだが。

「腕が落ちたかもしれない」

と、織江は言った。

「なんで？」

「ぼけなすの藩士に呼びとめられたから」

「それくらいじゃわからないよ」

「お弓っているでしょ」

「うん」

「あの人、苦手じゃない？」

「あたしも駄目だよ」

「まさかね」

と、織江は不安そうな顔をした。

「なにが」

「見つかるように細工したとか」

その疑いも捨て切れない。お弓があの二人の藩士に、「窓から見てたけど、あの人、なにか怪しい」そう告げればいいだけだった。

密偵は背中が弱い。後ろから刺されたら終わりである。

「それはないと思うけど……あんた、最近、きびしい仕事が多いね」

「そう思う？」

「思うよ。ま、それだけ腕を買われているってことだろうけど……平戸でも亭主持ち？」

「そう」

と、織江はうなずいたままうつむいた。初婚ではないし、数えたくもない。

「あたしら、嫌な仕事してるよね」

と、お蝶は言った。

「ほんと」

「ときどき自分が嫌になるよ」

「でも、今度は幸せだった」

と、織江は顔を上げた。

「幸せ！　そんなことあるの？」

「それが、あるの」

ついつい平戸での暮らし、いや雙星彦馬のことを思いだしてしまう。

——なぜだろう。

あの男の誠実さが身にしみていた。

似たような仕事はこれまでも何度かあったけれど、あんなふうにわたしを想ってくれた人がいままでいただろうか。

嘘臭い男が好きなときもあった。十七、八のころか。溌剌《はつらつ》として上司の言いなりになり、爽《さわ》やかに町人を足蹴《あしげ》にするような男。当時は不思議なことに、溌剌さと爽やかさのほうが浮き立って見えたものである。

いまは上司の言いなりになる悲しさや、町人を足蹴にする酷《むご》さのほうが見えてしまう。

雙星彦馬に嘘臭いところはこれっぱかりも見えなかった。

心術もほどこした。だが、使うまでもなかった。

たぶん、彦馬はなにも知らない。江戸の静山が彦馬を高く買っているというのは、おそらくまちがいだったのだ。

人間としては面白いし、変わった知識を身につけているし、もちろんある意味だが頭も切れる。だが、政治向きではない。そっちはまったく役に立たない。

上司のほうも彦馬のことはいいようには使えない。反抗するというより、嫌な仕事にはますます不器用になってしまう。無理難題を押しつけられたら、たぶんのらりくらりとふつうの人の五倍もかかる仕事になってしまうだろう。

だが、それでなにが悪いというのか。

おそらく、自分はあのままあそこにいたら幸せだっただろう。

——平戸にもどりたい。

だが、それでは抜け忍になる。当然、討っ手を差し向けられるだろう。

せめて、彦馬に事情を話し、別れを告げたい。あるいは再会を約したい。

織江の心は、遠吠《とおぼ》えでもしたくなるくらい、せつなく千ぢに乱れた。

五

もう一軒行こうと誘ったが、お蝶がもう飲めないというので、甘いもので締めた。黒豆を甘く煮たものに、サイの目に切った寒天を混ぜたもの。これがさっぱりしておいしかった。これ以上飲んで、悪酔いするよりはよかったかもしれない。

甘味屋を出ると、心地いい夜風が吹いていた。

「いい風」

平戸を発《た》ったときはまだ暑い盛りだったが、もうすっかり秋の風である。あと三日もすると、仲秋の名月だった。

上を見上げると満天の星である。

「ねえ、お蝶。星っていくつあると思う?」

と、子どもが謎かけをするときのように、嬉《うれ》しそうに訊いた。

「知らない。だいたいあんなにごちゃごちゃいっぱいあるもの、数えられるわけないじゃない」

「ところができるの。だいたい、五千から六千。目印になるものがあるから数えられるんだって」

お蝶はあきれたように夜空全体を見回し、

「数えたのは平戸の亭主？」

「そう」

「面白い人だったみたいね」

「面白かった」

「いい人だった？」

「いい人だった」

「ねえ。あっちのほうもよかったんだ？」

「よかったなんてもんじゃない」

「そうなの。歌麿ふう？　それとも北斎ふう？」

お蝶は、春画もいっぱい眺めている。織江はそうでもない。

「北斎も描いてたっけ？」

「凄《すご》いよ」

「じゃあ、北斎ふうかな……あ、思い出すと」

そっと下腹部に手を当てた。

「やあね」

と、お蝶は笑った。

「今日、聞いたんだけど、母がね、男に惚《ほ》れて、くノ一の腕が下がり始めたんだって。わかる気がする」

「そうなんだ」

「最近、うちの母、やたら愚痴っぽくなってる」

「この前見たけど、雅江さん、身体の具合、よくなさそうだったね」

「そうなんだよ……」

ときどき、もう長くないのかもしれないと、不安に駆られる。

「次の角で別れようか」

と、お蝶が言った。

「そうしよう」

二人は同じ屋敷に帰るのである。

だが、いっしょには入らない。

しかも、出入りを見はる者はいないか、尾行されていないか、細心の注意を払う。

桜田御用屋敷は、昼の出入りより夜の出入りのほうが多かったりする。それも人目を忍ぶからである。

「お蝶」

と、織江は唇を動かさず、小さな声で言った。

「うん。あたしもいま、気づいたよ」

　つけられていた。

「わたし？　それとも、あんた？」

　と、織江は訊《き》いた。

　お蝶は首を振った。わからないし、どちらであっても不思議はない。

　織江は帯に手を入れ、着物を割るようにした。動くときに足にからまないように。

　お蝶は帯締めをほどいた。これは鞭《むち》になる。お蝶の得意技である。織江のほうは、帯の中から手裏剣を出した。ただし四本しかない。

「やるよ、こいつら」

　足音でわかる。すり足。ためらいもない。

　昼間の平戸藩邸のマヌケとはけた違いに腕が立つ。

「何人？」

　と、お蝶が訊いた。

「三人だね。ほかにはいないと思う」

　その三人のうちの二人が、道の両端を通って駆け抜けた。十間ほど前に行き、こちらを向いた。すでに抜刀している。

　まだ後ろに一人いる。織江とお蝶は三点で封じこまれた。

両側はすでに店を閉めた大店《おおだな》が並ぶ。

静まりかえっている。

「騒ぐ？」

と、お蝶が訊いた。騒げば戸が開き、町役人や番太郎が駆けつけてくる。あんな連中は戦いの助けにはならないが、こいつらだってこれから人助けをするわけではない。闇から闇に消えたいのに、人だかりは邪魔になる。

「騒がなくていいよ」

と、織江は言った。どうせまた襲われるのだ。

じりじりと間を詰めてきた。

「先に行くよ」

織江が動いた。右手の男に簪《かんざし》が飛んだ。はっとなって、これを叩《たた》き落とす。そこまでは敵の動きも悪くない。

だが、織江の攻撃に間はない。すぐ次の手裏剣が行く。流星のように。

しかも、この流星、弧を描く。右と左から曲がりこんでいく。

ひとつは男の肩に、ひとつはわき腹に刺さった。手裏剣は角が多いほど命中度は増す。だが、致命的な傷にはならない。星形手裏剣なら、首の血管でも断ち切るならまだしも、まず致命傷はつくれない。

それでも間ができた。

つづいて、お蝶の手から延びた帯締めが、しゅるしゅると地を這《は》った。ヘビのように。

「なんだ？」

敵は目を見張り、刀でこれを切ろうとしたが、地面を叩いてしまう。そのとき、鞭は両足にからみついている。

「うわっ」

足を取られて倒れこんだ。

このとき、背後からもう一人が、お蝶に斬りかかろうとした。織江の手から流星が走る。

かきん。

はじかれた。が、はじかれた手裏剣は角度を変え、敵の目の下に刺さった。強い回転を加えているので、どうしたってこうなる。受けずに逃げたほうがいいのだ。

さらに、もうひとつが喉《のど》に突き刺さる。咳《せき》のような音が洩《も》れた。

三人とも痛手を受けたが、まだ充分動くことができる。右の男が織江に斬ってかかってきた。手裏剣は四本使ってしまって、すでにない。後ろに回りながら跳んだ。

手裏剣の痛手で敵の動きは落ちているが、それでもついてきている。

商家の看板を下げる棒が突き出ている。看板はしまいこまれている。これに飛びついた。二階に飛び上がるつもりはない。棒を武器にした。

案の定、勢いで折れた。武器ができた。

この棒を持ち、斬りかかってきた刀でわざと先を斬らせた。これで敵のわき腹を突いた。ぶすりと刺さる。今度は致命傷になる。

「ううう っ」

さらにこの棒で、頭を叩いた。ついに倒れこんだ敵の刀を手にした。

織江は走った。お蝶が二人の敵を相手に苦戦している。そのわきを駆け抜け、刀を横に払った。

「あああ」

長い悲鳴がした。首から血が噴き出ている。

お蝶の鞭がしなった。

最後の敵は鞭で目を打たれた。どれだけ痛いことか。立ち尽くしたところに、織江が背後から刀を突き入れた。

「どうにか倒したね」

荒い息を吐きながら、織江が言った。もう敵はいない。

「もうちょっと酔っていたら危なかったね」

と、お蝶が言った。

「ほんと。あるいはもう一人いたら」

「酒はまずいよね」

「でも、飲まなきゃやってられない」

と、織江は言った。

倒れている男たちの懐を探った。身元がわかるものがあるかもしれない。もっとも、それが本物かどうかはわからない。

「平戸?」

「さあて」

一人くらい生かしておくべきだったか。三人の死体が夜の底にだらしなく横たわっている。これが、わたしたちだったかもしれないのだ。

くノ一の末路はみじめだよ……。

どこかで母の声がしたような気がした。

六

元平戸藩主松浦静山は、吉原大門から山谷堀へとつづく日本堤の上を、端唄《はうた》をうたいながら、悠然と歩いていた。

君と寝ようか、五万石取ろか
何の五万石、君と寝よ

いい喉である。

哀愁を帯びた声が、堤の上から両側を流れる掘割の上に流れていく。

「御前さま。よろしいのですか、そのようなお唄？」

隣りを歩きながら訊《き》いたのは、以前、静山といっしょに鼻の穴を押さえて逃げ惑った西海屋千右衛門である。

「なにが悪い？　誰でもうたっているではないか」

「その唄、本来は五千石ではございませんか？」

広く知られた端唄である。五千石の旗本が、花魁《おいらん》にぞっこんになって家は没収の憂き目にあった。その実話をもとにつくられている。

「あっはっは。五万石にしてしまったら、どこぞの大名といっしょになってしまうか」

「はい」

「それはまずいのう」

と、ふざけた調子で言った。

平戸藩は五万一千石ほどである。静山がそんなふうにうたえば、花魁のためなら五万石も捨てると公言していることになる。それは不謹慎をなじられても仕方がない。

「では、こっちにしよう」

桑名の殿さま　やんれ　やっとこせ　よぉいやな
桑名の殿さま　しぐれで茶々漬け
よぉいとな　あれはありゃりゃんりゃん
よぉいとこ　よぉいとこな

こちらもよく知られた端唄である。

「御前。よその殿さまはもっとまずいのでは」

「あっはっは。そんなこと言っていたら、うたえるものがなくなってしまうぞ」

と、静山は笑った。

「御前はこのところ吉原にはだいぶお通いですか？」

と、千右衛門は訊いた。

二人は吉原にいっしょに来たわけではない。帰り際に、大門のところでばったり出会ったのである。

「そうじゃな。とくになじみの花魁がいるわけではないのだが」

静山は、吉原でも通り名がある。かつての官名である壱岐守《いきのかみ》をもじって「伊吉」と呼ばれた。「伊吉さま」は、花魁たちにもたいそう人気がある。

「それよりも千右衛門、そなたこそめずらしいではないか」

「ええ。付き合いで致し方なく」

月に一度の海産物問屋の会合で吉原を使った。このところは、深川と吉原と交替にしている。それ以外に、吉原に来ることはほとんどない。

「そなたはちと、堅いところが難じゃな」

「それは、まあ、好き好きということもございますゆえ……」

千右衛門は慌てて話を逸《そ》らそうとする。うっかりすると、無理に吉原へのお供を命じられかねない。

「それよりも御前、平戸のほうがおかしなことになっております」

と、千右衛門は言った。

「うむ。わしも聞いておる。どうも、怪しい連中が何人か入り込んだようだな」

「そのうちの一人が、どうやら雙星彦馬の家に入り込んだようです」

「ほう、雙星のところにか」

「不思議です」

「なにがだ？」

「たしかに、わたしは雙星という男は逸材だと思っています。だが、藩内でやつの資質を認めているのは御前と、町人のわたくしくらいでございましょう。ほかから潜入した者が、なにゆえに雙星のところに？」

と、千右衛門は言った。

「なるほど。たしかに不思議だな」

「たいがいの者の目に映る雙星は、ただの変わり者でございましょう」

「あのとき、聞かれたな」

と、静山は言った。なにか思い当たったらしい。

「え？」

「上屋敷で、友人の学者と望遠鏡のことなどについて話をしていてな」

「お部屋でですか？」

「いや。庭の東屋だった。わしはそこで雙星という御船手方の書物天文係の若い藩士はいわば異物だが、だからこそ見どころがあるという話をしたのさ」

それは、静山の持論だった。

異物や異端が大事なのだ――つねづねそう言った。なんでもそうであろう。異物や異端が硬直してしまったまつりごとや学問や、そのほかあらゆるものを新しい視線から見つめなおしてくれるのさ。その手のやつらというのは、単純に命令を聞かぬからな。だが、上に立つ者はすぐに異物や異端を排除したがる。ところが、異物や異端を排除するようになると、あらゆるものは駄目になっていくのさ……と。

「あの話をひそかに聞いたにちがいない」

「ということは……」

千右衛門は眉をひそめた。もしかしたら由々しき事態である。

「密偵が上屋敷にいるな」

「まさか……」

上屋敷に密偵が入り込んでいたら、多くの秘密が筒抜けになっているはずである。

「誰だろう?」

静山は歩きながら首をかしげた。

大門近くで駕籠《かご》を拾うのかと思いきや、静山はなかなか駕籠を拾わない。山谷堀に出たところで舟を拾うのだという。この道行に風情があるのだろうが、あまりにも遊びなれた人のやることである。

仕方なく千右衛門も、付いてきた手代を先に帰し、静山といっしょに歩いた。

ところが――。

紅葉の名所として知られる西方寺のあたりに差しかかったときである。

静山の足が、すっと止まった。

「千右衛門、動くなよ」

そう言ったときには、刀に手がかかっている。

静山は武芸百般なんでも遣う。とくに、心形刀流という剣の流派の達人である。

闇に目を凝らし、すぅっと身体をまわした。右足、左足と交互に重心を移しながら、一回りする。酒もだいぶきこしめしただろうに、重心はまったく揺らがない。

「はて、気のせいだったかな」

刀にかけた手を下ろした。

千右衛門もほっとしたが、

「御前。あまりこうしたところを一人歩きなさるのは」

と、つい懇願してしまう。

「やめろというか」

「そのほうが」

何が起きるかわからない。いくら剣の達人とはいえ、夜の一人歩きは物騒きわまりない。

「うむ。まあ、心配してくれるのは嬉《うれ》しいが、人は夜遊びをせぬと、成長が止まるのでな」

「そうなのですか」

「当たり前さ。夜の中にこそ、世の中の胎動が感じられるのだぞ」

本気で言っている。静山の突飛な物言いは、ときに冗談のように感じられるが、当人はきわめて真剣なのだ。

「胎動を？」

「うむ。動き出したのさ。大きな流れだぞ」

と、静山は夜空を仰いだ。星がいくつも流れていた。方角はばらばらである。西から、北から。流星群ではない。

この前は、二人の周囲を人魂が回った。いまは、星が飛び交っている。

静山はさらに言った。

「この世が大きく動くときは誰にも止められない。千右衛門、わしらが待ちに待った時代がようやくやって来るかもしれぬぞ」

第三話　奇談中身喰い

一

彦馬が家で横になって、ぼんやり海を眺めていると、玄関に若い男が立った。

「雙星さま」

「ん？」

「西海屋の平戸店の者でございます」

「おお。まさか、返事か」

彦馬は飛び起きた。

「はい」

と、届いたばかりだという書状を手渡してくれた。

江戸には幼なじみで親友だった西海屋千右衛門がいる。

千右衛門——当時は千之助といったが——の安藤家は、もともと商人と縁の深い家だった。そこの次男だった千之助が、遠縁にあたる江戸の西海屋に養子に入ることが決まったのは、意外に遅くて二十一の歳になったときだった。

その後、千右衛門の兄は城下の橋の手抜き工事の責を負わされ、安藤家は廃絶の憂き目に遭った。実家を離れていた千右衛門は、むしろ幸運だったかもしれない。

その後、二度、千右衛門は平戸に来ていて、そのつど三日三晩ほどともに遊び、語り合っていた。二度とも、千右衛門の成長ぶりに目を見張ったものだった。うわさでも、商人としての千右衛門の才覚は、やり手と評判の義父をもしのぐほどだと聞いていた。それは話をして実感できた。

その西海屋千右衛門に、彦馬はこのところ起きたことについて記し、江戸へ出てみたいのだがどうしたものだろう、と相談の書状を出していたのだった。

書状は飛脚ではなく、西海屋の平戸店に託した。

すると、わずか半月という信じられない速さで、返事がもたらされたのである。

——相変わらずやることがすばやいな。

なにをやってものろまだった彦馬とは大違いである。彦馬だったら、返事を出さなければと思っているうち、半月は経っていたりする。

千右衛門とはずいぶん喧嘩《けんか》もした。藩校でもいっしょだった。彦馬のようになにかに極端にのめりこむことはないが、いろんなものに幅広く興味を持った。最初に彦馬が天文のことに興味を持ったのも、この千右衛門の影響が大であった。

まだ、十歳くらいのときだった。千右衛門がもろこしの星座図を見せてくれたことがあった。それまでも星には興味があったが、星に名前があることははじめて知り、それが天文の世界にいっそうのめりこむきっかけになった。

もどかしい思いで書状を開いた。

躍るような達筆で、

「すぐ来い」

と、最初にあった。あらゆる面で協力を惜しまない。だから、出て来いと。

だが、彦馬はいくら軽輩とはいえ、いちおう平戸藩のれっきとした藩士である。

よし、わかったとすぐに旅立つわけにはいかない。

しかも、ここで待っていたほうがよいのではないか、という迷いもいくぶんかはある。

そんなとき、

――あの占いの婆さんに訊《き》いてみるか。

と、彦馬は思った。

近々、思いがけない申し出があるから受けろと言った婆さんである。あの婆さんに言われたから引き受けたわけではなかったが、占いが当たったのはたしかである。

同輩の田辺も言われたとおりに刀が見つかっている。今後の行く末を訊いてみるのもいいかもしれない。

場所は、城下のごみごみした町の奥だった。まだ明るかったが、とりあえず出か

けることにした。

あの婆さんは、なんでも南蛮人の血が入った人で、長崎でも異国の占いを学んで

きたらしい——それは、刀の行方を当ててもらった田辺が、あのへんで根掘り葉掘

り訊いてきたことだった。

では、あの星座を見るというのも、異国の占いなのかもしれない。

ただ、彦馬はそのごみごみした一画を歩いていくうち、なぜか奇妙な疑念が心に

湧いてきていた。

——もしかして、あの婆さんは織江ではなかったか？

なぜ、そう思ったのかはわからない。急にそんな気がしたのである。見た目は五

十くらいの歳だった。それに顔立ちも織江とはまるでちがっていた。だが、あのと

きは明かりも乏しく、そんなにはっきり見たわけでもない。

織江だったら、いまもあそこにいる？

胸が高鳴ってきた。

こんな時刻には出ていないかとも思ったが、婆さんはこの前と同じところにいた。

今日はまだ明るいので、顔もはっきり見えた。どう見ても五十過ぎ、いや六十近く、

織江には似ても似つかなかった。

がっかりしたが、近づいていって、

「この前、思いがけない申し出があると言われた者だよ」

婆さんはしばらくきょとんとしたように彦馬を見つめたが、

「ああ、あのときのな」

と、うなずいた。

「ほんとに思いがけない申し出があったよ」

「そうだろうよ」

「言われたように引き受けたよ。だが、いなくなってしまった」

「いなくなった？」

「ああ。どうしたらいい？　また、占ってくれるか？」

婆さんは黙って手を出した。五十文と、台のわきに書いてある。それを渡すと、この前も持っていた天眼鏡を向けてきた。

「ほう。迷ってるのかい。平戸にいるべきか」

「そうなんだ」

やはり、この婆さんは凄《すご》い。異国の占いはたいしたものである。

婆さんははっきりと言った。

「あんた、江戸に行くべきだな。そこで探しものは見つかる。平戸でなんか待っていたって何にも見つからないよ」

「やっぱり、そうか。わたしもそう思ってたんだ」

「ああ、そうしなよ」

婆さんはそう言って、人通りのほうを見た。あんたの占いは終わったから、もう帰れということだろう。

「それにしても、よく当たるな。星座の占いってのは」

と、彦馬は感心して言った。

「星座？」

「この前、そう言ったではないか」

「ああ、この前はな。今日は人相を見た。人相のほうが当たる」

と、婆さんは怒ったように言った。

彦馬はまず、藩に隠居願いを出した。いつ、織江を見つけて平戸に帰ってこれるのかはまったくわからない。

仇討《かたきう》ちの願いにしようかとも思ったが、女房の仇は仇には認められない。仇は父とか兄とか、自分より目上の者が殺されたときでなければならない。

「女房が誰かに殺されたらしい」

などと言っても、仇討ちにはならない。しかも、生きている織江を連れて帰ることはできなくなる。

二十八の隠居はいかにも早いが、身体の弱い者もいたりするので、前例がないわけではない。

跡継ぎなんか誰でもよかった。正直言って、雙星の家など犬に継いでもらったってかまわない。家も血も所詮《しょせん》はどこかで途切れる。諸行は無常なのだ。そんなことを父が生きているときに言ったら激怒しただろうが、かわいそうなことに怒りようがない。

しかし、怨《うら》まれて化けて出られても困るので、いちおう親戚《しんせき》筋から選ぶことにした。

城下の親戚は、こんな家禄《かろく》の低い家など誰も継ぎたがらないだろう。

平戸から南に下ったところに大野《おおの》という村があり、そこに恐ろしく子だくさんの親戚がいたことを思い出した。同じ「ふたぼし」の読みだが、向こうは双星と書いたはずである。

──あそこなら喜んで養子をくれるだろう。

と、数日後、大野の村を訪ねた。

事情を説明するやいなや、双星家の当主の岩次郎《いわじろう》は、

「うひゃかひゃかひゃか」

言葉にならない声をあげて喜び、さっそく次男を呼びつけて、

「こちらを父上と呼べ」

と、始まる始末だった。

現れた雁二郎《がんじろう》という次男は、すこし後ずさりしたくなるようなガキだった。まだ十二、三の歳なのに、四十半ばくらいに見える。顔がそれくらいで、態度や話しっぷりとなるとさらに老けていて、こっちは下手すると五十過ぎにも見えるほどである。

なにせ、天気の話題から始まり、作物の実り具合について意見を求められた。しかも、話しながら煙管《きせる》でタバコを吸い、そのためいがらっぽい咳《せき》をしたりする。お前はどこの爺《じい》さまだと訊きたくなる。

——こんなのを我が家の跡継ぎにして大丈夫なのか。

と、自分でも心配になったほどだった。

だが、どうせ御船手方の見習いに入れれば、訓練が厳しくてタバコどころではなくなるだろう。

向こうはいまから平戸へいっしょに行くというのを、あんなガキと同じ部屋には

寝たくないので、旅立つ日が来たら連絡すると、無理やり押しとどめたほどだった。

——織江はなぜ消えたのだろう……？

彦馬はどうしてもそのことを考えてしまう。

もしかしたら、この藩になにか探るべきものがあって、潜入してきた密偵だったのか？

何人かの同僚に、そのことを言われた。

「わたしのところにか？」

「おぬしのところというよりは、藩のなかを探るため、たまたまおぬしの家に入ったということさ」

もしそうだったとしたら、いまさら織江を探すのは大変だろうし、万が一、探り当てたとしても、もはや自分など相手にしてくれないのではないか。

何度も湧き上がるそうした不安の念を、彦馬はいつも、ただ一言で打ち消すのだった。

——密偵だろうが、泥棒だろうが、織江はわたしの妻だ！

十日後にまた、千右衛門からの書状が届いた。準備が整い次第発《た》つとしたためた書状がまだ届くわけはないので、追伸というかたちでよこしたのだった。

それには、

「いつか、こういう日が来るだろうと予想していた」

とあり、旅の注意などを書いたうえで、前藩主の松浦静山公の、

「敵と味方、あるいは善と悪などをはっきり区分けせぬことが肝要」

という言葉が記されてあった。

どういう意味かぴんと来ないが、要は、旅というのは一筋縄ではいかないのだろうと、彦馬は勝手に解釈することにした。

旅の手形も、西海屋の平戸店が準備してくれた。武士の手形を商人が出してくれるというのも妙なものだが、西海屋あたりになると、そういうこともよくあるのだろう。

隠居願いの許しもどうにか通りそうだというので、さっそく江戸に向けて旅立つことにした。

連れもいなければ、見送りもない。別れの宴もない。

慌ただしい、夜逃げでもするような、すこしみじめな気持ちの旅立ちになった。

二

九月（旧暦）の中旬になって、織江は平戸にやってきた。

七夕の次の日にここを出たので、およそふた月ぶりである。

平戸の町が見えてくると、彦馬が二度ほどみやげに買ってきてくれたカスドースという菓子が食べたくなった。長崎のカステラよりも甘い、女好みの菓子である。だが、それどころではなかった。

在郷からやってきた物売りに変装して、城下に入った。

低くて頑丈な家の造り、石垣や石畳の道など石の多さ、そして木々の緑の濃さなど、江戸の町とはまるでおもむきが違うことを、もどってきて実感した。

彦馬の家は城下の北側、海辺から坂を上った高台にある。小さな家だが、遠くからでもわかりやすい。しかも、家からの景色は素晴らしかった。

坂を上りながら考えた。

――なんて言おう。

怒っているだろうが、あやまって許してもらえるのだろうか。

しかも、正直に告白したいが、それはできない。わたしは幕府の密偵……。言ってしまえば、胸のつかえは取れる。彦馬だってああいう性格の人である。よくぞ正直に、と喜んでくれるかもしれない。だが、それは桜田屋敷への裏切りとなる。

結局、また嘘をつくことになるだろう。実家の父が倒れた。看病しなければならない。離縁してくれ、とかなんとか。

「ごめんください」

縁側のほうから声をかけた。胸がどきどきした。

返事がない。家の中が見えるが、どこか違う。ふた月前にはなかった古道具みたいなものがいくつも置かれていた。

もう一度、声をかけると、裏から鉈《なた》を手にした大人なのか子どもなのか、よくわからない男が現れた。鉈は別にこっちを脅かそうというのではなく、たまたま薪《まき》を割っていたらしい。

「あの、雙星彦馬さまは？」

と、かすれた声で訊《き》いた。

「父はおらぬよ」

「父……？」

彦馬より老けていそうなこの男が、彦馬の子？

「彦馬さんは隠居なさった」

「隠居……」

まさか、上層部から怪しまれてお咎《とが》めを受けるようなことに？

「では、ご養子に？」

「そうだ」

「彦馬さまは、元気なので？」

「元気だよ」

「それなら隠居は早いのでは？」

「だが、当人がしたいというのだもの、仕方あるまいさ」

そう言いながら、この男は縁側に腰を下ろし、煙管にタバコを詰め始めた。老け顔だが、肌の艶を見ればやはり若い。どう見ても十五にもなっていない。だから、タバコを吸うしぐさが、不思議な行動に感じられる。

「もう、この家にはいらっしゃらない？」

「ああ。江戸に行ってしまった」

「それで、お前さまがご当主に？」

「ああ、そうだよ。わたしが雙星雁二郎だ」

と、胸を張った。

「失礼ですが、おいくつ？」

「早いもので十三になってしまった」

「早くもないでしょうが……」

物言いまでおっさんみたいなガキである。彦馬も変人だったから雙星家の血なのか。こっちは変なところだけ掬《すく》い集めて俗っぽくした感じがする。

　しかも、急に顔をしかめて、

「三日ほど前から御船手方の見習いに出たのだが、これがきつくて。タバコを吸う暇もないいんだからな。あの父がこなした仕事だから、楽なはずだと思ったんだが……」

　と、愚痴りはじめた。

　ガキのくせに、タバコなんか吸ってるんじゃないよと、胸のうちで毒づいた。

「彦馬さまは、いつ江戸に？」

「それが急に発たれてな。わしも慌ててばたばたしてるうちに、はていつだったか、わからなくなってしまった。まだ、十三で、数勘定もろくろくできないのでな」

　と、言った。

　――大丈夫か、こいつ。

　織江は雙星家の行く末を心配した。いったんは嫁に入った家である。自分のせいで没落したりしたら、あとの夢見が悪い。

「ところで、なにを商ってるんだ？」

　と、雙星雁二郎は織江の持っていた籠《かご》をのぞきこんだ。

　栗とあけびである。籠に入れ、葉っぱなどに載せてそれらしくしてあるが、対岸の田平の町で買ったものである。

「おい、婆や。購《あがな》ってやれ」

と、台所のほうに声をかけた。ケチではないらしい。

それから織江をじっと見て、

「在の者にしてはいい器量だな」

まさに中年のおやじである。

しかも、彦馬の養子なら、わたしの子ということにもなる。背筋に寒気が走った。

「では」

と、早々に家を離れることにした。

もう一度、家を見ると、織江がずいぶん磨き上げたはずの廊下は、光を失っていた。庭の、咲くのを楽しみにしていた薄桃色の秋桜の花が一面に咲き誇っていたが、こうして見ると、なんということのない花に思えた。

――まさか、わたしを追って江戸に？

そんなことにはならないよう、いくつか仕掛けをほどこしておいた。

城下の占いの婆さんもそうである。

織江は赤松の家ではじめて彦馬に会う前に、占いの婆さんに変装して顔を合わせていた。そこで、思いがけない申し出があるが受けるようにと伏線を張っておいた。

婆さんの占いを信じるよう、同僚の家の刀を隠しておいたりもした。

この婆さんは本物がいる。織江は一晩だけ、その婆さんに化けたのである。婆さんは人相見だったが、織江は人相の知識がない。お蝶から聞きかじっていた西洋の星座占いで、適当にごまかすことにした。

彦馬はたぶん、わたしがいなくなったあと、またあの婆さんに助言を求めるのではないか。そう思ったから、多額の礼金を渡して、そんなときには、

「そのまま平戸で待つがいい。早まったことをすると、その人とは会えなくなる」

と、言ってくれるように頼んできたのである。

彦馬はそこにいかなかったか。

あるいは、あの婆さんが約束を破ったかである。星座占いでやると言ったら、気を悪くしたみたいだったので、わざわざ人相であらたに占ったのかもしれない。

——待てよ……。

坂道を下ろうとして、足を止めた。

引き返して、いつ江戸に発ったのか、裏の隠居の村尾新右衛門に訊いてみることにした。こっちはさっきの少年よりは話が通じるかもしれない。

この隠居は、やたらと二人の寝屋のことに興味を持って、露骨に訊いてくるのでずいぶんと閉口したものだった。

夜なども、しばしばのぞきに来ていたのは間違いなかった。一度は朝、雨戸を開けたら、家の庭でこの隠居が倒れていたことがある。死んでいるのかと思ったが、声をかけると目を覚まし、こそこそとしたようすでもどって行った。のぞいているうちに、寝てしまったか、興奮して気を失ったかしたのだろう。

顔を見せて挨拶《あいさつ》すると、村尾は寄ってきて織江の手をつかみ、

「織江さん。あんた、どこに行っておった？」

「実家の母が倒れたものでして」

「どうも、近ごろの若い者のやることときたら。まあ、あの彦馬ってのはもともと常識がないが」

と、ぶつぶつつぶやいた。

「雙星は江戸に行ってしまったぞ」

「ええ、存じてますよ」

「そうなのか」

「わたしも母の葬儀が終わったら、江戸に行くことになってましたから」

「そうなのか。雙星のヤツ、訊いても何も言わぬから、きっとあんたは死んだのかと思ってた。わしの家内も倅《せがれ》も急に死んだ。どうもこのあたりの者は急なやまいで死ぬのが多すぎる気がする……」

情けない顔になった。

かわいそうな気がして、つかまれた手を、気持ち悪いのを我慢してそのままにしていると、

「わしは織江さんがいなくなって寂しくてな」

「寂しくてって、ご隠居さまがですか」

「そうじゃ」

と、甘えた声で言った。

虫唾《むしず》が走ったが、

「なんであんたに寂しがられなくちゃならないの！」

とは、やはり言えない。栗とあけびをみやげに渡すふりをして、つかまれた手をほどき、

「彦馬さまは、いつ発《た》ったのですか？」

と、訊いた。

「ちょっと、待ってくれよ」

と、村尾は一度、家のなかに引っ込み、日誌でも見てきたらしく、

「もしも夜のうちに出立していたら十三日前。次の日の朝なら十二日前ということになるな」

これはかなり正確な話だろう。

追いつくことができるか。彦馬の性格だと、ひたすら歩くだけのせっかちな旅にはならないはずである。気は逸《はや》っても、ついつい変わったものに足を止めたりしてしまうにちがいない。

織江は急いで引き返すことにした。

「では、村尾さま、お達者で」

「うん。あんたは雙星には勿体《もったい》ない、いい嫁だったなあ。せめて、わしがあと五十若かったら……」

聞いている暇はない。

それよりも、カスドースを食べることができなかったのは残念だった。

三

織江が平戸を引き返して、十日ほど後——。

街道筋の茶店に腰を下ろして、

——いろんな目つきがあるもんだな。

雙星彦馬はそう思った。復讐《ふくしゅう》でもしようかという目。相手の懐を探るような目。

探られているのではと警戒する目。すべてを諦《あきら》めた目。からかうような目。好奇心にあふれた目。旅先の光景に心が安らいでいる目……。じつにさまざまである。

平戸にいるときはそんなことは思わなかった。

他人の心をそれほど推し量らなくてもすんだからだろう。不満はいろいろあっても、所詮《しょせん》は平和な日常だったのだ。

じっさい、旅先ではいろんなことが起きる。ずっと手帖《てちょう》に日誌をつけているが、毎日、書くことが多くて、早くも三冊目になっていた。

東海道も遠州から駿州に入った。景色がいいので、ついのんびり歩いてしまう。ここは、大井川を渡ったばかりの嶋田《しまだ》の宿である。まだ、日暮れまでは一刻ほどありそうなので、ここには泊まらず次の宿まで足を延ばすつもりである。その前に、茶店で団子を一串《くし》食べようとしたところだった。

「近ごろ、また、中身喰《ぐ》いが出たらしい」

「なんだい、それは？」

わきで馬方同士が話しているのが耳に入った。

「おめえ、中身喰いを知らねえのか」

「ああ。饅頭《まんじゅう》の皮は残してアンコだけ喰うってやつか」

「そんなのあるか。このところ、東海道でときおり起きる騒ぎで、お大名の荷物の中身が、忽然《こつぜん》と消えてしまうんだよ」

「なんだ、それは？」

「しかも、この前なんぞは、池田さまのご家来が慎重に荷物の数をかぞえ、見張りも厳しくした。それでも、大事な茶器の入った長持がいつの間にか、空になっていた」

彦馬はつい耳を傾けて、

——へえ。

と、思った。急いで手帖を出し、中身喰いと書いた。さすがに東海道は面白い話があるものである。

「ところがさ、中身喰いの不思議なところはさ、長持が増えることもあるのさ」

「増える？　なんだ、そりゃあ？」

「だから、増えてるんだ。空の長持があって、ほかになくなったものはない。その空の長持分だけが増えてるのさ」

「変だな」

と、腕組みをした。

馬方同士が話をしていると、馬同士も話しているように見えたりする。彦馬は思わず笑みを浮かべた。

「だから、変だって言ってるだろう」

「キツネかな」

「いや、街道筋に出る天狗《てんぐ》だな」

彦馬も話を書きとめながら、首をかしげる。

子どものころから理屈っぽいと言われてきたが、不思議な話は大好きである。でなければ、星になんて興味を持つわけがない。

中身喰いと記したうえに、「奇談」と書いた。あとで分類するときに役立てるつもりである。

四

同じ日——。

織江は、嶋田の宿にやってきた。旅人というより、近在の百姓女のような姿になっている。土臭く、哀れな感じさえして、誰も目を向けたりしない。

彦馬はまだ見つからない。だが、平戸を出て二十二、三日。ここらがいちばん彦馬のいる可能性が大きいように思われる。

景色のいいあたりである。天気もいい。きっとのんびり歩いているにちがいない。

ふと、こんな会話が耳に飛び込んできた。

「遠めがねってのは高いのか？」

「そうべらぼうでもねえが、四両や五両はするさ」

遠めがねという言葉にどきりとしたのである。彦馬が毎晩、空に向けてのぞいていたものだ。呼び方はほかにもいろいろあるらしいが、彦馬は望遠鏡と呼んでいた。しかも彦馬の望遠鏡は四両や五両では買えない。先祖伝来の田畑まで売り払って買ったと言っていた。

話しているのは、茶店に腰かけた男たちだった。片方は色が白く、頭をつるつるに剃《そ》っている。もう片方はいまどきは流行《はや》らないような大ぶりの髷《まげ》を結い、煤《すす》けたような黒い顔をしている。

だが、よく見ると顔の造作や身体つきがいっしょである。

——双子だ。

と、織江にはすぐわかった。だが、簡単な変装でも手馴《てな》れているためか、素人目にはまず双子だとわからないだろう。

双子がいっしょにいるのはめずらしい。縁起が悪いと嫌がられ、片方が養子に出されたりする。変装しているのも、縁起に関係することなのか。

織江は、唇の動きから言葉を推察する読唇術と、耳のいいのとで、離れたところの会話でもかなり聞き取ることができる。

「夕べの男、遠めがねで夜空の星をずっと眺めていたぜ」

織江は、見つけたかと思った。だが、夜空の星を眺めるのが彦馬一人とは限らないだろう。

「遠めがねで星を見ると、なにか見えるのかな」

「月はうさぎが見えるらしいぜ」

「そんなのは、遠めがねなんて使わなくても見えるさ」

「遠めがねは、おれたちの商売にも役立つだろうな」

「そりゃあそうだ。見はりのようすなどもつぶさにわかるし」

この双子は、どうも怪しいと思ったら、泥棒らしい。

「あれは欲しいな」

「だが、あいつはどう見たって貧乏侍だぞ。貧乏人から盗むのは、おれたちの身上に反するだろう」

「そうだ。おれたちは、天に恥じない盗みというのを誓い合ったのだからな」

聞いていた織江は思わず噴き出した。

「あのう……」

と、織江は声をかけた。

「なんだよ」

「ふかし芋はいかがですか？　安くしておきますだ」

「いくらだ？」

「一個十文で」

「そう安くもねえぞ」

と言いながら、織江の目に釣られるように銭を払った。

さりげなく塩といっしょに別の粉も鼻先に撒《ま》くようにした。

籠《かご》に挿してある風車が回り、籠にぶらさげたお守りのような玉がゆらゆらと揺れる……。

「お二人とも立派な泥棒さんですね」

織江がそう言うと、

「当たり前よ」

驚いたことに認めた。

「おれたちは街道一の盗っ人、金蔵銀蔵だぜ」

「双子なんですね」

「そういうことさ」

織江の十八番《おはこ》の心術である。手っ取り早く術をかけるには、薬を少々使う。べニテングタケを粉にしたもので、これは食べると毒だが、匂いには強い催眠性がある。

ざっと訊《き》きだしたところでは——。

こいつらは、街道筋の小悪党で、双子ということをうまく利用して、東海道を往復しては義賊気どりの悪事を働いている。そのうち、江戸に出て、ねずみ小僧と張り合うつもりらしい。もともとの本業は飛脚だったが、近ごろは、荷物はあまり受け付けないようにしているという。

「その遠めがねを見ていた侍というのは、色が黒くて背が高い？」

「そうだよ。話はしなかったが、なんかとぼけた暢気《のんき》そうなヤツだった」

「よう、金蔵。女の名を呼んだりしてたよな」

「ああ、してた、してた」

「なんて言ってたっけ？」

「おりえぇええ……」

真似をした。ささやくような、祈るような口ぶりだった。

やはり彦馬だった。

——このあたりにいるのだ……。

嬉《うれ》しさがこみあげる。だが、うかつに姿を見せるのは、彦馬にとってもよくないかもしれない。

「眠いなあ。おかしいなあ」

「疲れてるんですよ。一生懸命働いているから」

「そりゃそうだ」

「そういうときは、すこしお昼寝でもすることですよ」

「そうだな」

二人は茶店の裏っかたに行くと、すぐにいびきをかきはじめた。

五

彦馬は藤枝《ふじえだ》の宿に入った。

藤枝は江戸から数えると、二十二番目の宿だそうで、五十三次ある東海道もすでに半分以上来たことになる。

宿場の入り口にそう大きな流れではないが川があり、ここは橋がかかっていない。大井川などと違って、人足を雇うほどでもないので、みな、自分の足で渡っている。

当然、彦馬もそうすることにした。

ただし、濡《ぬ》らすと大変なことになる荷物もあるので、転んだりしないよう、充分、気をつけた。

彦馬の宿選びは適当である。春をひさぐ飯盛女を呼んだりもしないので、宿賃だけ確かめればいい。ほとんど行き当たりばったりである。

この日も宿場に入ってすぐのところで、

「空いてるかい？」

と、声をかけた。

「大名行列が入るので、宿場全体が混んでおります。ふとん部屋になってしまいますが」

「そんなことは構わないよ」

通されると、先に二人入っていた。

三人の相部屋である。三畳ほどの部屋だから、これ以上は入らないだろう。

手前にいた町人が、先に頭を下げた。

「どうも、はじめまして。江戸で薬種問屋をしております奈良屋《ならや》源右衛門《げんえもん》と申します」

「わしは、西国の某藩の——と申しておく——沢井小平太《さわいこへいた》と申す」

と、後ろにいた四十ほどの武士が名乗った。

こちらは宿こそ違ったが、数日前からときおり見かけていた。

「藩は言わぬが、長崎から来た」

「そうですか。長崎からですか」

長崎にはいろんな藩から人が出入りしている。

「そなたはどこから？」

と、沢井が訊いた。

「わたしは平戸藩士だった雙星彦馬といいます」

「だった？」

「隠居しまして」

「その若さでか？」

と、沢井は呆《あき》れた顔をした。

すると、奈良屋が、

「まあまあ、それぞれにご事情がおありでしょうから」

いかにも如才なく割って入った。

飯にはまだ半刻ほどかかるという。風呂《ふろ》に行ったり、茶を飲んだりしているうち、話をするようになる。

宿で聞く話もまた、面白いものが多い。たくさん旅をする人は、さぞ知識も豊富になるだろうと彦馬は思う。

「その葉っぱのようなものは、もしかしてサボテンですか？」

と、彦馬は訊いた。

沢井の荷物である。風呂敷で包んだわきから見えている。手のひらほどの大きさでぶ厚い葉っぱのようなものから、また同じような葉っぱが出ている。その葉っぱからさらに葉っぱがというふうに広がっていて、高さはおよそ一尺ほどになっている。

しかも、それらの葉っぱから二寸ほどもある大きなトゲがいっぱい出ている。

「おう、知っているのか、サボテンを？」

「知っているというほどでもないですが……」

西海屋の裏庭にもいくつかあった。水をほとんど与えなくても育つ南方の植物。知っているのはその程度である。

だが、これは西海屋にもなかったかたちである。

奈良屋は恐る恐るのぞきこんで、

「見たことがないですね。どこの山にも生えていませんでしょう」

「わが国ではな。だが、暑い南の国では、そこらにいくらでも生えているらしい」

沢井が答えた。

「これは木なんでしょうか、葉なんでしょうか？」

「どちらかと言えば葉だと思う」

「薬用なんですか？」

「薬用もあれば、毒もあるらしい。わしもくわしいことは知らんのだ。江戸の藩邸まで届けるように言われただけなのでな」

海の底や、南方の海などには、ふだん見たことがない奇妙な魚や生きものがいたりする。植物も同様らしい。

「変なものは面白いですなあ」

と、彦馬が言った。

「おぬしが変だからじゃないか」

沢井は打ち解けた調子で言った。

「そうかもしれませんな」

変なものでも生きていていいのだという気持ちになれる。

「これを狙うものがいるのさ」

「狙う？」

「ああ。そういうことを知っていたら、こんなもの運ぶのは引き受けなかったのだが、たまたま江戸に行く用があり、旅立ちの朝にいきなり押しつけられてしまった」

と、愚痴った。沢井はいかにも要領が悪そうである。さらに、

「ときおり、誰かにつけられている気もするのだ」

と、うんざりしたように言った。

「そういえば……」

と、彦馬が言った。

「なんだ？」

「怪しい二人づれがいたんですよ」

望遠鏡を出して、窓から街道を眺めた。嶋田の前の金谷《かなや》の宿で見かけ、大井川も渡ってきた。

「あ、来てる。ご覧なさい。あいつらとは違いますか？」

「ほう。よく見えるのう。しかも、この遠めがねは、上下が逆になってませんな？」

「ああ。逆に見えるものもありますが、それは中のガラス玉の数やかたちの関係でね」

説明すると、星の話よりややこしくなる。どうせ、説明の途中で相手が上の空になることはさんざん経験してきた。

「なるほど。ふうむ。だが、あいつらに見覚えはないなあ」

「そうですか。もしかしたらと思ったのですが……」

と、彦馬はもう一度、望遠鏡を見た。

「あれ……」

「どうかしたのか？」

「いや、なにか変だなと思って……」

と、二人をじっくり観察しはじめた。

そこへ、

「下にぃ、下にぃ」

と、街道ではおなじみの声がした。江戸から西へ向かう大名行列が入ってきたのだ。

この宿の隣りは本陣になっているらしい。

「大変、大変。雙星さま。そんなものを出していると、鉄砲と勘ちがいされて、大騒ぎになりますよ」

と、奈良屋があわてて忠告した。

六

大名行列を露骨に上から見下ろすのはまずいが、すだれを降ろしてしまえば、暗いこち側は見えないはずである。彦馬は窓辺に座り、さりげなく眺めた。中二階なので、またすぐそばに見えている。数多くの髷《まげ》が行ったり来たりしている。

大名行列の騒ぎを眺めながら、さらにいろいろと話がはずんだ。

「あ、そういえば、さっき嶋田の宿で……」

と、彦馬が馬方たちの話を思い出した。

中身喰いの話である。聞いたままに話をすると、

「へえ」

と、二人も首をかしげた。

それから三人とも交互に旅先で見聞きしたおかしな話をしているところで、宿の女中が飯を持ってきた。

とくに変わった飯は出ない。めざしに豆腐、漬物に麦飯にみそ汁。汁の具にあまり食べたことがない海草が入っていることがめずらしいと言えばめずらしい。だが、歩きづめだから何を食ってもうまい。それぞれ三杯はおかわりした。

腹一杯になった沢井が、ずっと訊《き》きたくて訊けなかったのだが、という顔で彦馬の刀を指差した。

「失礼だが、それでは竹光どころか、木刀というのが見え見えではないかな」

「ああ、これか」

と、彦馬は苦笑いした。別に隠し立てするつもりはない。

まだ旅のはじめごろで、山陽道に差しかかったばかりの長府《ちょうふ》の宿で、茶店の娘が旅人にいちゃもんをつけられたらしく、

「お武家さま、お助けを」

と、すがりついてきた。

彦馬は身体つきがしっかりしているので、一見すると腕が立つように見えるらしい。だが、剣術はからっきし駄目である。

といって、娘にすがりつかれて、逃げるわけにはいかない。

「なにをする。娘は困っているではないか」

「へっ。お侍がなんでえ」

渡世人なのか、ここらのヤクザなのか、ろくでもないのが酔って因縁をつけたのだ。

相手は差していたドスを抜いた。

「おい、馬鹿な真似はよせ」

「やかましいやい」

足元をふらふらさせたまま、ドスを振り回したのを、彦馬は抜いた——というか、

抜けない剣を腰から出して受けた。

スパッ。

と、切られた。これを買った店の者は樫《かし》の木だと言ったが、樫ならこんなにかんたんには切られないだろう。

これには、切ったほうも驚いたらしい。

「なんだ、それは」

「ま、そういうわけだ」

と、彦馬は言った。

「木刀か」

「木刀だ」

「ひでえ侍もあったもんだ」

と、ろくでもない男も気抜けしたらしく、抜いたドスを鞘《さや》におさめた。

このときになってようやく駆けつけた宿場役人が、男を引き立てて行き、彦馬は茶店の娘から気のないような礼を言われておしまいとなった。

もっとも、彦馬としてはそれほど危うい目に遭ったという気はない。なにせ、相手はへべれけでよろけていたので、逃げようと思えば逃げられたからである。

その話をすると、

「それでそのまま差しているのか？」

沢井はあきれて訊いた。

「うむ」

ずいぶん多くの旅人に見られたし、なかには露骨に指を差して笑う武士もいた。

「ふうむ。ある意味、たいした度胸だ」

「どうせ、剣は苦手だし、だったら重い刀を持つよりは軽くしてほかの荷物を持ったほうがいいと思って」

と、天球儀を指差した。

「おう、それよ。わしのサボテンも妙だが、その器材もおかしなものだな」

彦馬は望遠鏡と天球儀を大事に持って来ている。望遠鏡は大枚をはたいて購《あがな》ったが、天球儀は、自分でつくったこぶりのものである。

天球儀は中心の球にいくつかの輪を組み合わせてできている。かたちは地球儀に似ているが、張りぼてにはなっておらず、中はすかすかである。輪の動きは複雑で、球は地球もしくは太陽で、それを囲む輪が、赤道や子午線を示すものだったり、地球の周りの星の動きだったりする。彦馬のものは、地動説をもとにしたもので、当然ながら太陽が中心にある。

つくりながら、天体の究理を考えた。だが、まだまだわからないことはいっぱいある。

　この二つだけは置いてくる気にはなれなかった。

「いやあ、お二方ともたいしたものですな」

　もう一人の旅の商人、奈良屋源右衛門が言った。

「奈良屋さんだって江戸の薬種問屋だなんてたいしたもんじゃないですか」

　と、彦馬は言った。

「とんでもない。江戸の商いなんざほんとに生き馬の目を抜くようなところですから、あたしなんざ苦労のしっぱなしです。ちっといい薬を当てれば、すぐに真似されますし、足は引っ張られますし」

「へえ」

　奈良屋は十二で薬屋の小僧になり、三十で自分の店を持った。それから十五年、丸一日のんびりしたという日は一日もないという。二十八で隠居をした彦馬は、なんだか肩身の狭い思いをしてしまう。

「そういえば、今年の夏は暑さ負けして、流行《はや》りの活気散という薬を飲んだが、あれはよく効いたな」

　と、沢井が言った。

「そうですか。わたしもたまに自分で調合して飲んでいるほどです」

「あの薬には、みかんの皮が入っているそうだな」

「みかんの皮？　いや、あれは陳皮という生薬です」

この沢井と奈良屋のやりとりに、彦馬は、

——え？

という顔をした。

七

翌朝——。

「やや っ、どうしたことだ」

彦馬は沢井の大声で目を覚ました。

「どうしました？」

「サボテンがない」

「え？」

いちばん窓ぎわに沢井の布団があり、次に彦馬、廊下側に奈良屋が寝ていた。沢井はサボテンを枕元に置いていたはずだが、なるほどサボテンが消えていた。

「盗まれた……」

「盗みますかね。あんな気味の悪いものを」

と、彦馬は言った。だが、心配になって望遠鏡と天球儀をそっと確かめた。こちらは無事である。

「そうですよ。わたしなら毒かもしれないと思ってしまいます」

と、奈良屋も言った。

「だが、ないのだから……」

沢井は階下に訊《き》きに行った。

「変なものだから、そうそう隠せるものではないしなあ」

「トゲだらけですしね」

と、彦馬が言うと、

奈良屋もうなずいた。

そうこうするうち——。

別の騒ぎも耳に入ってきた。

「もう一度、数えてみろ」

「長持の小さいほうが二十三あります。昨日、府中《ふちゆう》を出るときに数えたときは、二十二でした」

「増えたのか？」

「はい」

「うわさの中身喰いが出たかな」

大名行列のほうでも騒ぎが起きていた。

二十二くらいなら、家来たちが手分けすれば、調べるのに手間はかからない。

――まさか……。

と思いつつ、廊下側の窓のほうに行った。こっちからのほうがよく見える。次々に開ける長持の中を、彦馬は上からのぞきこんだ。

「あっ」

急いで下に降り、宿の番頭と話していた沢井に声をかけた。

「あったよ。沢井さん」

「なんだって」

沢井をつれ、本陣のほうに回る。

「なんだ、これは？」

「気味が悪いな」

「さわるな、さわるな。トゲがあるぞ。毒針かもしれぬ」

家来たちが騒いでいるところに、

「申し訳ござらぬ。それはわたしのもので、昨夜、紛失したものです」

と、沢井が割って入った。

「紛失？」

家来の一人が咎《とが》めるようにこちらを見た。

「部屋に置いたのが無くなったと探していたところなのですが……」

聞きようによっては、ここの家中の者が盗んだようにも取れる。彦馬は沢井の後ろからあわてて、

「どうも、このあたりには狐か天狗《てんぐ》がおるようなのです」

と、口をはさんだ。

向こうも狐や天狗を持ち出されて、気味が悪くなったらしく、

「まったくわけがわかんな」

と言いつつ、もどしてくれた。

「ふうむ。あの部屋で消え、ここで見つかったか……」

彦馬は自分たちの宿を見上げ、この本陣を見た。ここは本陣でも裏口に当たり、お大名は向こうの門から出入りする。こちらは、下っ端の家来などが、荷物を入れたり出したりするのに使っているらしい。

「ほほう。こういうつくりか」

彦馬はやけにじろじろと、ここらを観察していた。

八

今日も東海道はよく晴れ渡っている。清々《すがすが》しい秋風が渡り、よく実った稲が風になびいていた。のんびり歩けば、浮世の憂さも風に乗って飛んでいく。

彦馬は、沢井と奈良屋と三人で景色を楽しみながら歩いていた。

「見つかってよかったですね」

と、彦馬が沢井に言った。

「まったくだ。わしはここからもどって、下手をしたら腹を切らなければならなかったかもしれない」

「そこまではないでしょうが」

「だが、これがどれだけ大事なものなのか、わしにもわかりかねるからな」

彦馬にも見当がつかない。めずらしくても、貴重なものではないかもしれない。出始めでめずらしいだけで、そのうちうじゃうじゃ出回るのかもしれない。しかも、毒でも薬でもなかったりする。

「あ」

なにげなく後ろを振り向いた彦馬が、小さな声を上げた。

「どうなさいました?」

奈良屋が心配そうに訊いた。

「あいつら、来てるな」

後ろからは、あの怪しい二人づれがついてきているのだ。

天下の東海道だが、今日はさほど人の通りは多くない。こんな日もある。

彦馬は考えこんでいる。

「ううん。まさかなあ」

などと、ときおりひとりごとを言う。

沢井と奈良屋は、江戸の名所の話などをしながら歩いている。

途中、茶店でたいしてうまくもない団子を食べた。

「だが、そうとしか考えられないなあ」

と、彦馬はまた言った。

だんだん深刻な顔になってきている。

やがて、道は山に囲まれた上り道になってきた。難路として知られる宇津之谷《うつのや》峠である。水の流れる音が下のほうから聞こえ、風はひんやりと寒いくらいになってきた。

「どうした、雙星。これから親の敵でも討ちに行くような顔をしているぞ」

「ええ。どうも夕べは予想外のことが起きたようでしてね」

「なにが？」

「沢井さんのサボテンが消えたのと、街道で噂の奇談中身喰い。それらの謎が解けてしまったのです」

「なんですって？」

　奈良屋が面白い見世物でものぞきこむような顔で笑った。

「まず中身喰いのほうだが、あれは狐のしわざでも、天狗のしわざでもない。後ろからやって来る二人づれのしわざだ」

「えっ」

　沢井と奈良屋は思わず、後ろを見た。

　後ろの二人――金蔵銀蔵の双子の盗っ人たちは、前を行く三人づれがふいに振り向いて強い視線でこっちを見たのでぎくりとした。さっきもちらちらこっちを見ていたのである。

「よう、金蔵兄い。なんか、あいつら嫌な雰囲気だな」

「ああ。朝の騒ぎのとき、あの遠めがねの男は、本陣のところをじろじろ見ていたぞ。もしかしたら、おれたちのしたことが見破られたのかもしれねえな」

「どうする、おい？」

銀蔵が焦って訊いた。

「そうなったら消したほうがいいのかもしれねえな」

と、金蔵はぶすっとして答えた。

今日は金蔵のほうが髷《まげ》のかつらをかぶり、顔を煤《すす》で塗っている。銀蔵は坊主頭に地肌の白い顔である。一日交替にしているのだが、それは誰も気がつかない。

「消すって、殺すのか？」

「だが、それはわしらの生き方に反する」

「そうだよ。わしらは天に恥じない盗みが身上だ」

「弱ったな」

「弱ったよ」

「でも、気づいていたら、あのとき大名の家来や宿場役人たちになんとでも告げるだろう。なにも言われていないということは、あいつらだって見破ったわけじゃないってことなんじゃねえか」

と、金蔵が言った。

「うん。そうだな。もうすこしようすを見るか」

銀蔵もたちまち暢気《のんき》そうな顔にもどった。

「景色を見るふりをして、よく見てください。二人とも変装して顔を似てないように見せているが、よく見るとそっくりだから」

と、彦馬は言った。

「あ、身体つきも似ているな」

と、沢井はうなずいた。

「あいつらはたぶん双子なんですよ」

「へえ」

「それでそっくりなことを利用して、大名行列から長持を盗んでいる」

「どうやってですか？」

と、奈良屋が訊いた。

「二人とも本陣の下働きに化けておきます。そこに大名行列が入ってくる。まずは双子のうちの一人が、藩の中間に混じって長持を運ぶ手伝いをします。その、運んでいる途中で、曲がり角あたりにひそんでいた双子のもう一方と、さっと入れ替わるのです。そいつは、空の長持を持っています。なにせ、顔がそっくりですから、中間たちも気がつくはずはありません。これで空の長持がほかの荷物といっしょに運ばれ、中身のある長持がどこか、本陣の目立たないところに隠されてしまう。それで、これが金目のものであった場合は、行列がいなくなってから持ち去るなりする」

「なるほど」

と、奈良屋は大きくうなずいた。

「長持には、大名の紋が入っていたりしますが、まあそこらは二人もずいぶん研究して、ささっと描いたり、あるいは何か貼ったりするくらいのことはできるのでしょう」

「ほう」

沢井は感心した。

「ところが、くだらないものを盗んでも、始末に困るし、どこかで足がつく恐れもあります。そこで、よほど価値があって、いいもの以外はそのままもどしてしまう」

「そうか、それで長持が増えているときがあって、何も盗まれていなかったりするのか」

「そういうことです」

「たいしたもんだな。あ、感心しちゃいかんか」

沢井は自分の頭をこつんと叩《たた》いた。

「いや、たいしたもんだと思います。わたしの星の先生は――もっとも書物の上の先生ですが――すでに亡くなられたが野々尻抱影《ののじりほうえい》という人なのだが、野々尻先生は、星のほかに好きなものがあって、それは泥棒と乞食《こじき》でした」

「泥棒と乞食？　ずいぶん星と関係ないように思えるな」

「だが、先生からすると、どれも同じく自由で夢があって遥々《はるばる》としていて、魅力のあるものだったらしいのです。わたしは凄《すご》くわかる気がしました」

と、彦馬は愛読した数々の書物を懐かしんだ。

「それで、話のつづきは？」

沢井はつづきをうながした。

「あ、そうです。それで、今日の騒ぎは結局、何も盗まれておらず、空の長持がひとつ、増えただけでした」

「いいものを取れなかったというわけだな」

と、沢井は振り向いて小さく笑った。

「大名というのはくだらねえものまで持ち歩くもんだな」

と、金蔵が言った。

「まったくだ」

昨日、藤枝の宿に泊まったお大名の荷物から、呆《あき》れたものが出てきたのだ。

それは漬物石だった。

ぱっと見たときは、金でもたっぷり含んだ石なのかと思った。そうでなければ、わざわざこんなものを遠路遥々《はるばる》運ぶわけがない。

ところが、どう見たってただの石だし、糠《ぬか》や味噌《みそ》の匂いもした。

それが漬物石だとわかったのは、中間たちがこんなことを話していたからだった。

「どうせなら漬物石を盗んでいってくれたらよかったのにな。あんなのをわざわざ運んでいると思うと、肩が凝ってな」

「まったくだよ。あの石で漬けると、漬物がうまいってのは本当かね」

「そんなわけねえだろ」

この話を聞かなかったら、まだ金鉱石の疑いを捨てきれずに、持ち歩いていたかもしれない。

「前にもひどいものがあったっけな」

「ああ、あった」

「春画を山ほど持ち歩く殿さまもいたし、かわいがっているとかで、大きな青大将を運ばせているお大名もいた」

「大名というのはどうかしてるな」

「だから、おれたちもねずみ小僧も、大名を狙うんだろうが」

と、金蔵は誇らしげに言った。


「これで、中身喰いの正体はわかったでしょう。では、その中身喰いの空箱の中に、なぜ沢井さんのサボテンが入っていたかです」

そう彦馬が言うと、

「そうか。あいつらのしわざか。よし、懲らしめてやろう」

と、沢井はいきり立った。

彦馬よりは腕が立ちそうである。

「待ってください。沢井さん。違うんです」

「何が違う？」

「サボテンを盗ったのは、あいつらじゃないんです」

「誰なんだ」

「奈良屋さんですよ」

と言って、彦馬は奈良屋を強い目で見た。

「えっ」

沢井は信じられないという顔である。

だが、奈良屋は慌てたりせず、

「うぉっほっほ。なにをおっしゃいますやら」

と、店先でお得意さまに笑いかけるように言った。


後ろを織江がついてきていた。今日は百姓女ではなく、街道の飴《あめ》売りに化けている。格好だけではない。身体つきからしてすっかり変えている。脚絆《きゃはん》や腰回り、肩などに詰め物をして、ずいぶん小太りになっている。

その織江ははらはらしていた。

彦馬たちといっしょに歩いている町人は、只者《ただもの》ではなかった。

あの身のこなし、歩き方。油断や隙というのがなかった。

だが、お庭番ではなかった。織江は、身分が低くても桜田屋敷にいるお庭番は下働きもふくめ、皆、知っている。そのなかには、いない顔である。

密偵はお庭番だけとは限らない。

老中や若年寄も独自の密偵を持つというし、各藩にももちろんいる。

かつて、松平定信が幕府は密偵を使いすぎて多くなり、ついには密偵を見張るための密偵まで付けるようになった――と、自身の著書に書いたほどである。

あの町人がどこの密偵かはわからないが、腕が立つことだけは間違いない。

彦馬が狙いではない。もう一人の男のサボテンを狙っていた。だが、彦馬はそのことに気づいてしまったのではないか。

——余計なことをしちゃ駄目。

織江は気が気ではなかった。

「あの部屋からサボテンを持ち出すことができるのは、この三人のうちの誰かなんです」

と、彦馬が言った。

「それはどうでしょう。下から誰かが上がってきたかもしれませんよ」

奈良屋が反論した。

「ところが、下の帳場は、帳尻《ちょうじり》が合わないというので徹夜でそろばんをはじいていたのです。そのあいだ、誰も前を通らなかったそうです」

「ああ、わしもそう聞いたぞ」

と、沢井が言った。

「だが、中二階のようになっていたあの部屋だと、庇《ひさし》をつたって本陣の裏庭に忍びこむことができたんです」

「そうなのか」

「わたしは確かめました。それでサボテンを持ち、とりあえずの隠し場所に決めていたあの長持に隠したんです」

「決めていた？　じゃあ、この奈良屋はあの長持が空だと知っていたみたいではないか？」

「知っていたのです。さっき、わたしが見破ったことを、この人は昨日、すでに見破っていたんです」

「凄いな。薬種問屋のくせに」

「薬種問屋じゃありませんよ。この人は」

奈良屋の表情が硬くなっていた。静かな目で彦馬を見ていた。

「なんだって」

「沢井さんが、薬の話をしたとき、あれはみかんの皮ではない、陳皮だと言いました。だが、いっしょなんです。陳皮はみかんの皮を乾燥させたもので、薬種問屋がそんなことを間違えるなんてありえないんです」

「では、何者なんだ？」

「それはこの人に訊《き》かないとわからないが、たぶん、長崎からずっとつけてきたんじゃないですか？」

「それで、いまごろになってあんな真似を？」

「江戸に近づいてきたので、奪っていっきに江戸に駆け込もうという魂胆だったのかもしれませんよ。ねえ、奈良屋さん」

そこまで追いつめると、突然、

「双子の泥棒さん」

と、奈良屋は振り向いて声をかけた。

十間ほど後ろにいた二人も驚いた顔をした。

「なんだって？」

「この人たちは、あんたたちが双子の泥棒で、大名行列を狙っていると言ってるよ」

「げっ。やっぱりばれてたかい」

「なんだ、なんだ」

と、騒ぎながら駆け寄ってきた。

「ひどいヤツだな。自分は手を汚さずに、人にさせる気だぞ」

と、彦馬は憤慨した。

「どうします、お二人さん。じつは、わたしも脛《すね》に傷を持つ身。お二人のほうを手助けしますよ」

と、奈良屋は言った。

「なんてヤツだ……」

彦馬は唸《うな》った。

「ほら、ここらは芝居にも出てくる悪路で、幸い旅人の通行もぴたりと絶えた。見ている者はいない。三人でこいつらを片づけちまいましょう」

ところが、双子の盗っ人の返事は、奈良屋には意外なものだった。

「だが、わしらは人を殺《あや》めたり、傷つけたりはしないことにしている」

「そうだ。天に恥じない盗みが身上だ」

二人は胸を張った。

「甘っちょろい盗っ人だぜ。だったらしょうがねえな」

と、奈良屋は道中差を抜いた。右手に持ち、わずかに半身になって腰を下ろした。その構えだけで、剣をほとんど学んでこなかった彦馬にすら、

——強い。

と、思わせた。

彦馬も例の木刀を抜いたが、先が切られた木刀は滑稽《こっけい》なくらいである。

沢井も刀を抜いたが、しかし構えはどう見てもへっぴり腰。腕は彦馬とどっこいどっこいではないか。

奈良屋がさっと詰め寄った……。

翌朝――。

彦馬は府中の宿で目を覚ました。

隣りには沢井小平太が寝ている。宿は空いていて、六畳の部屋に悠々と二人で寝ることができた。

――昨日のあれはなんだったのか。

彦馬は布団の中でぼんやり思い出していた。

流星のようにつぶてが飛んできたのをたしかに見た。その一つは奈良屋の手首を撃って刀を落とさせ、もう一つは奈良屋の目を直撃していた。

奈良屋は思わずのけぞり、痛みのあまり何も見えなくなったらしく、よろよろと数歩進むと、道の端から崖下《がけした》に転がり落ちていった。

双子の盗っ人のほうは、それからいつの間にいなくなっていた。

――あの小石……。

小石になぜか織江を感じたのだった。

それにしても、敵か味方か、善か悪かを判断するのは難しいものである。千右衛門が伝えてきた「はっきり区分けせぬことが肝要」という前藩主松浦静山の言葉を思い出していた。

「あ、花が」

視界の隅にやけに華やかなものがあり、目を凝らすと、それはサボテンに咲いていた花だった。昨日あたりも、芽のようなものはあったが、それが花のつぼみだとは思わなかった。

「沢井さん。咲いてますよ、花が」

「なんだって。あ、ほんとだ」

きれいな花だった。石榴《ざくろ》の花にもっと光を加えたような朱色の花で、南国の太陽を思わせた。鎧《よろい》のような葉をまとい、トゲまで光らせたこの植物が、これほどきれいな花を咲かせるとは、思ってもみなかった。

「こんな変な身体でも、きれいな花を咲かせるのですねえ」

と、彦馬は感心して言った。

「ああ。飢えや灼熱《しゃくねつ》に耐え、美しい花を咲かせるとは聞いていたが」

「われらの人生もこう行きたいものですね」

「まったくだな」

「あっはっは」

二人は寝床でサボテンの花に目をやりながら、愉快そうに笑っていた。

第四話　妻恋坂

一

「このあたりのはずだが……」

雙星彦馬は、広い通りに立ってつぶやいた。

手には西海屋の平戸店でもらった神田界隈《かいわい》の切絵図を持っている。その佐久間町《さくまちょう》のところに印がつけられてある。

神田佐久間町というのは、日本橋を渡って北に向かい、筋違御門《すじかいごもん》を出てすぐの大きな火除け地に面した町だった。前の流れは神田川というらしい。

さっきまでいっしょに来た沢井小平太は、京橋のすこし手前で右に折れて行った。藩の名も聞かずじまいだった。とくに再会の約束もしなかったが、お互い、「また会うかもしれない」などと言い合った。

「このあたりに西海屋という店はありませんか？」

通りがかりの町人に彦馬は訊いた。

町人は、歩く速度をゆるめるでもなく、

「ほれ、目の前でしょうよ」

鼻で笑って立ち去った。小さく田舎侍と言われた気がした。

ほんとに目の前にあったのである。

想像をはるかに上回って大きかったので、逆に気づかなかった。

間口は十間ではきかない。十五間はゆうにあるだろう。平戸の海のような、きれいな青色の大きなのれんが、ずらっと並んでいる。平戸の店は、ふつうの紺色で、江戸店とは違う。それもあってすぐに気づかなかったのだ。

だが、のれんには白でくっきりと、波の模様の商標と、西海屋の文字が書かれてあった。

しかも、頭上にも巨大な看板があり、それには凹凸も雄渾《ゆうこん》に西海屋の屋号が彫られてある。気がつかないほうがうかつである。

「これほどの店とは……」

もちろん、平戸にこんな大きな店はない。

声をかけるのもためらわれたが、いちばん近くにいた手代に声をかけた。

「こちらの千右衛門どのに会いたいのだが」

「どちらさまでしょう?」

「平戸の雙星と申します」

手代はうなずき、奥に消えたが、すぐに千右衛門が両手を広げて飛び出して来た。

旧友の笑顔に、臆《おく》する気持ちや旅のあいだの不安などが吹き飛んだ。

「彦馬。待っていたぞ。遅かったな。ずいぶんのんびりした旅だったじゃないか」

と、相変わらずの早口で言った。

「これでも急いだつもりなんだぞ」

「そうか。ぐず馬だから、仕方ないか」

彦馬の昔の綽名《あだな》を言った。

「おぬしこそ、こんな城のような店におさまりやがって」

「おさまってなどいるものか。毎日、駆《か》けずり回っているぞ」

店のすぐ裏の部屋に入った。

「まずは義父と女房に会わせよう」

千右衛門はすぐに二人をつれてきた。女房は腕に乳飲み子を抱いていた。

義父の幸右衛門《こうえもん》は、やり手の商人というよりは、俳諧《はいかい》の師匠のような枯れた雰囲気の人である。

逆に、女房のお船《ふね》は、いかにも江戸の娘といったふうで、よく笑い、茶目ッ気を感じさせる人だった。乳飲み子は女の子で、お海《うみ》と名づけたという。どちらに似ているのかはまだわからないが、いかにも賢そうな眼差《まなざ》しを彦馬に向けていた。

二人とも、千右衛門からずいぶん彦馬の話を聞かされていたらしく、星が好きなことはもちろん、子どものときのコオロギを食べて腹をくだしたことまで知っていた。

「なんでも遠慮なく相談してくれ」

千右衛門がそう言うと、二人とも大きくうなずいてくれた。

挨拶《あいさつ》を終えて、

「それで彦馬は織江さんを探すのがいちばんの目的なんだな」

と、あらためて千右衛門は訊《き》いた。

「もちろんだ。そのためだけに出てきたのだ」

「だが、わたしが推察するに、織江さんはどこかの密偵であったのではないかな」

「それはわたしも考えた。だが、織江が密偵だろうが、あるいはただの泥棒だろうが、わたしの妻にかわりはない」

きっぱりと、宣言するように言った。

「うむ」

「その妻がいなくなった。江戸にいる気がする。探しに来た。それがすべてなんだ」

「わかった。おぬしの気持ちは存分にわかった。だが、江戸で探すにしても、これから飯を食っていかなければならない」

「なんでもするつもりだ。人足でもなんでも。江戸は武士の誇りさえ捨てれば、仕事はいっぱいあると聞いた」

「ああ。やる気さえあれば、ずいぶん道は拓《ひら》ける。だが、やはり、おぬしに合ったことをしたほうがいい。疲れかたが違うし、その分、織江どのを探すほうに力を注げなくなる」

「わたしに合うことなんてあるのかな」

「あるさ。まあ、とりあえず、住むところがなくちゃならない。それで、うちの手代がこのあいだまで住んでいた長屋がある。子どもができて手狭になったから引越したが、一人暮らしには充分だ。そこに住めばいい」

「それは助かる」

「だが、今日はここに泊まれ。積もる話は山ほどある」

千右衛門は手を引くように、さらに奥の部屋へと案内した。

二

翌日――。

彦馬は新しい住まいになる長屋へ向かった。かんたんな地図を描いてくれればいいと言ったが、若い手代を案内につけてくれた。店の手代や小僧たちが一人残らず忙しそうにしているので、彦馬は恐縮した。

前の住人だった手代が毎日、店に通っていただけあって、西海屋からはすぐのところだという。裏手の町人地を抜けていくと、左手に高台や坂道が見えてきた。

江戸というところは、なんとなく巨大なお城を中心にした、平たくてだだっ広い土地なのだろうと思っていた。ところが、ずいぶん坂道があり、川や掘割も縦横に通っているという地形らしい。

武家屋敷が並ぶあたりに差しかかると、左に折れて坂道を上った。

坂の中腹あたりで、左のほうを指差し、

「このあたりは、神田明神という大きな神社の裏手になるんです」

と、言った。

「ああ。浮世絵かなにかで見たことがある」

「その向かい側は昌平坂学問所《しょうへいざかがくもんじょ》で、そのまた向こうは深い谷になっています」

「谷に？」

江戸の真ん中に谷があるとは思っていなかった。

「景色のいいところです。近いですから、ぜひ出かけてみてください」

若い手代は、小僧からの叩《たた》き上げなのだろう、ずいぶんと気の回る若者だと感心する。彦馬などは、客を案内しろと言われても、こんなに上手な説明はできるわけがない。

「ここの路地を入ったところです」

と、立ち止まった。

坂のもうすこし上に、神社のような屋根が見えている。

「そこにも神社みたいなものがあるね」

と、彦馬は訊いた。

「はい。そこは妻恋《つまごい》稲荷というんです」

「妻恋稲荷……」

ふぁっとしたものが胸の中に広がった気がした。いかにも織江を彦馬に会わせてくれそうな神さまではないか。

「それでここは妻恋町」

「妻恋町……」

からかわれている気がする。

「それからこの坂は妻恋坂というそうです。あの、どうかしましたか？」

「いや、なに」

手代に悟られたら恥ずかしいが、じつは感激していたのである。

偶然か。

いや、やはり千右衛門の機知と配慮なのだろう。

振り向いて、下の町並みを眺めた。家並みがどこまでもつづいている。見渡す限り、家が途切れるところがない。

――これが江戸なのだ。

と、思った。

「向こうのほうは？」

坂下のまっすぐ遠くを指差して訊いた。

「両国《りょうごく》です。江戸いちばんの盛り場があります」

そういうところは人探しにいいかもしれない。

江戸には百万の人が住んでいると聞いたことがある。

――百万人見れば、必ず織江に当たるじゃないか。

とも思った。希望が湧いてきた。百万といっても、半分は男だし、年寄りもいれば子どももいる。せいぜい二十万だ。明日にでも会える気がしてくる。

「さ、入りましょう」

若い手代にうながされ、路地を入った。

「ここです。佐平《さへい》長屋といいます」

一つの建物を真ん中で割り、両側に住まいをつくるいわゆる棟割長屋ではない。玄関から入ると部屋の奥から外に抜けられる。

「わたしも何度か来たことがありますが、いい長屋ですよ。陽も差すし、風通しもいいし」

「そうみたいだね」

千右衛門の好意だろう。だが、これからはそれだけの家賃を払っていかなければならないのだ。

「大家さんにはもう話が来ているはずですが」

井戸端でこちらを見ている人がいた。五十がらみのにこやかな男である。

「西海屋さんのところの？」

と、声をかけてきた。

「はい」

「遠くから来たそうですね。さあ、もう掃除も済んでいます」

と、右側の棟の奥から二つ目の部屋を指差した。

「それぞれ五軒ずつ、十の世帯です。そのうち、顔と名前は覚えるでしょう」

井戸端で洗濯をしていた長屋のおかみさん二人が、

「およねです」

「おこんだよ」

と、挨拶《あいさつ》した。まだ若いほうがおよねで、肥《ふと》った四十がらみのほうがおこんである。

「雙星です。雙星彦馬といいます。よしなに」

頭を下げた。

「遠くからって、どこですか？」

およねが訊《き》いた。

「平戸です」

と答えたとき、彦馬は江戸との遠さを感じた。

「平戸ってどこ？」

「九州ですよ」

「九州って南のほうですよね」

説明しようとすると、

「お前らに場所を教えてたら日が暮れちまう。さあさあ、雙星さん、早く入って落ち着きなさい」

と、大家が止めた。

「はい、では」

彦馬は新しい江戸の住まいに一歩踏み入れた。土間と板の間と四畳半。ここで仕事をし、織江を見つけるのだ。畳は新しく、ちょっと青臭いが、清潔そうないい匂いがした。

三

長屋の路地までは踏み入らなかったが、織江も彦馬の住まいはたしかめていた。

――妻恋坂、妻恋町……。

これには織江も感激した。

彦馬はあの場所を知っていて選んだのか。まさか江戸の地名を知っていたとは思えない。彦馬の親友の西海屋がやったことなのか。あるいは、偶然なのか。彦馬の願いが、なにかに通じたのか。

いずれにせよ、この符合は嬉《うれ》しかった。

――彦馬さまも恋い焦がれてくれている……。

彦馬の落ち着き先をたしかめてから、織江も桜田屋敷にもどった。

一歩入って気づいたが、屋敷全体が慌ただしい。

——なにか、大きな事態が出来《しゅったい》したのか。

だが、上司の川村真一郎は落ち着き払っていた。

茶を点《た》て、織江にもそれを勧めた。

床の間に、この前きたときにはなかった額がある。「心眼」と大書したもので、自筆らしい。

——こんなに堂々と、自分の書を飾るか。

と、織江はひそかに首をひねった。

「どうだ、織江。わざわざ平戸まで行ったかいはあったか？」

「はい」

それを問われるのは、もちろん予想していた。

「去年、難破した船が、じつはしていないという噂があり、どうも外海に出ている疑いがあります」

「平戸の船か？」

「いえ、それが宇久島という島の船で、漁船にしては大きすぎると、以前から目はつけられていたようです。ただ、外海に出ているのが事実としても、藩の上層部とどこかでつながっているのかはまだわかりません」

じつは、この前、すでに調べておいたことである。ふたたび訪れるときのために、前回は報告しないでおいたのだ。

外海の航海は禁じられている。これをたぐれば、大手柄となる可能性もあった。

「ご苦労だった」

「いえ」

「会えたのか？」

と、川村は静かな声で訊いた。

「え？」

「前の亭主には？」

前のではない、と思いながら、

「いえ」

と、首を横に振った。

「まさかとは思うが」

「なんでしょう」

「いや、そなたの母は情にもろいところがあったらしいから」

川村はうっすらと笑った。心の知れない笑い。心術でも、この男の心は読み取れないかもしれない。

「それより、屋敷内がなんとなく慌ただしいようですが」

織江は話を変えた。

「うむ。長崎でなんとなく気になる動きがあってな。何人かを急遽《きゅうきょ》、投入する準備を始めた」

「長崎で？」

「この夏、シーボルトという医者が来たのは知っているか」

「はい」

フィリップ・フランツ・フォン・シーボルト。オランダから来た医師だが、オランダ人ではない。ドイツ人である。

すぐれた医術で巷《ちまた》の患者たちに治療をほどこし、たちまち名医と評判になっている。シーボルトは出島《でじま》を出て、市街地に診療所を持ちたいと希望しているとも聞いていた。

「こやつ、どうも曲者《くせもの》らしい」

「曲者？」

「ただの医者ではない。あるいは抜け荷や密貿易にからんでいるやもしれぬ」

「そうなのですか」

本当だとしたら、そのシーボルトに接近する大名も出てくるはずである。

「九州の蘭癖どもの動きも慌ただしくなるかもな」

蘭癖と呼ばれているのはたいがい大名たちである。それを「ども」呼ばわりするのは、不遜《ふそん》と言えなくもない。

「…………」

当然、平戸の松浦静山への監視も強めることになるだろう。

織江は、長屋にある役宅へもどった。

「母さん、ただいま」

「お帰り」

いつもながらの突然の帰宅である。だが、くノ一の暮らしを知り尽くした母の雅江は、今朝、出ていった娘を迎えるように何気ない声を返して寄こした。

「あら」

母の前に座り、顔を正面から見た。

「どうしたい?」

「顔色がいいじゃない」

「そうかね。ここんとこ、食欲が出てるからかね」

「それはよかった」

平戸に行く前にいい薬を置いていった。高かったが、親孝行ができなくなるかもしれないという気持ちもあって購入した。それが効いているのかもしれない。

「どうしたの、あれは？」

壁の隅に板があり、八方手裏剣が二本刺さっている。

織江は星形を愛用し、八方は使わない。八方は命中率は上がるが、敵に与える損傷は少ない。だが、急所を的確に狙えれば、敵の動きを封じることができるので、それは好みの問題になってくる。

「うん。ひさしぶりに稽古《けいこ》をしてみたのさ」

「まあ」

「できないと思ったができたね。あたしもまだまだだ」

と、立ち上がり、手裏剣を二枚、手のひらにおさめた。

「無理なんかしてないよ。あんたにはまだ、この技は教えてなかっただろ」

「無理しないで」

と言った途端、母の身体が跳躍し、回転した。

手裏剣が二つ、ほとんどつづけて放たれた。

二本とも丸い的に命中したが、後の一本はほんのわずかに遅れ、一寸ほどずれて命中した。すなわち、敵の刀が最初の手裏剣をはじいても、次の手裏剣がその刃をかいくぐって突き刺さることになる。

織江は二本いっしょに放ったり、左右の手から軌跡がちがう手裏剣を放つことはできる。得意技でもある。

だが、ほんの一尺分ほど遅れて、次の手裏剣が追いかけるこの技は、派手ではないがかなり難しい。おそらく指の動きでその遅れをつくるのだろうが、二本目の狙いをはずさないのが至難のはずである。

「凄《すご》い」

織江は世辞ではなく言った。

「乱れ八方」

と、雅江は言った。

四

次の日——。

「どうだ、住み心地は？」

さっそく千右衛門が見に来た。

「ああ、平戸よりいいくらいだ」

飯さえ炊けば、おかずは路地の入り口のところまで納豆売りや豆腐売り、佃煮屋《つくだにや》などが、朝早くからまわってくる。これを買えば、自分でつくったりしなくて済む。

「ここは妻恋坂というんだってな」

「そうなのか、まあ、そこに妻恋稲荷があるからな」

「おぬしの配慮かと思った」

「いや、そういうことは考えなかった」

偶然だったらしい。嬉《うれ》しい符合だった。

夕べは妻恋稲荷の境内に出てみた。秋の星空が江戸の上に広がっていた。田舎の夜は真っ暗になるが、江戸の夜は明かりが点在し、ぬくもりが感じられた。

ただし、その分、星は見えにくくなる。平戸だと、五千から、空が澄み切っているときなど六千ほどの星が見えた。江戸ではせいぜい四千ほどかもしれない。

「おぬしのいい働き口になるかもしれないところがあるのだ。いっしょに来てくれ」

「わかった」

さすがにあの木刀を差して歩く気にはなれず、無腰で千右衛門のあとを追った。

町人地を抜けると大きな通りに出た。

「これは本郷《ほんごう》通りという道で中山道《なかせんどう》につづくのさ」

「へえ」

東海道も初めて旅をした。中山道などこの先、歩くことがあるのかどうか。

右手に大きな屋敷が見えてきた。

「加賀《かが》さまだよ」

「ああ」

前田百万石である。

「ここは十万四千坪ほどあるらしい」

「そんなにあるのか。平戸藩の江戸屋敷は？」

と、彦馬は訊《き》いた。西海屋のある神田佐久間町からもすぐのところらしい。

「上屋敷のほうは一万五千坪ほどあったはずだ。これは、同じ石高の大名家よりもかなり広いのだぞ」

千右衛門が自慢げに言うのを、彦馬は微笑ましい気持ちで聞いた。

「そこだ、その寺だ」

門の上の扁額《へんがく》には、「法深寺」とある。

大きな寺だが、立派な寺とは言い難い。よく言えば親しみやすいし、悪く言えばどこか長屋のような安普請の感じがする。

掃除をしていた小坊主が、

「あ、西海屋さん」

と、挨拶《あいさつ》した。

「ここの祥元《しょうげん》という和尚が寺子屋――江戸では手習い指南所とか言ったりするが、まあ、いいだろう。その寺子屋をやっているのだが、どういう加減か、ほかの寺子屋で持て余すような面倒な子どもばかり集まるようになった」

「ほう」

「このあいだまで師匠が別にいて教えていたのだが、とてもじゃないが学問を教えるという雰囲気ではない。とうとうおかしくなって逃げ出してしまった。そのかわりをずっと探しているのさ。使いを出して訊いたら、まだ替わりは見つかっていないというのでな」

「寺子屋の師匠か」

悪くないと思った。

人にものを教えることは嫌いではない。ただ、彦馬の知識を求める人が、平戸にはほとんどいなかったので、そういう機会がなかった。教えようとする前から、

「難しい話はちょっと……」と、敬遠されるばかりだった。

「祥元和尚、おられますか」

玄関口で千右衛門が声をかけた。

「はいよ」

と、声がして、奥から五十くらいの小太りの僧侶《そうりょ》が顔を出した。げじげじ眉《まゆ》で目がぎょろりとしている。ちょっとはにかんだような気配があり、転んだあとの達磨《だるま》和尚という感じである。

「昨日、うちの手代からお話ししていた件ですが」

「ああ、はい。待っておった。ぜひに」

と、上がるよう勧められた。

千右衛門は忙しい男だから、当然、ここで失礼する。

「では、あとで」

「うむ。期待に副《そ》わなかったら、断わってくれていいから」

と、千右衛門は笑顔で言った。和尚とは遠慮のいらない話ができるらしい。

玄関わきの四畳半ほどの部屋に入った。なにもない簡素な部屋である。

奥のほうでは、わいわい騒ぐ声がしている。

「まあ、うるさい子どもたちでな」

「さきほど千右衛門にほかの寺子屋が持て余した子どもが多いと聞かされました」

「そうなのさ」

隠そうとはしない。

「乱暴者が多いので？」

「いや、そんなことはない。もちろん一日中おとなしく座っているようなのはおらぬが、あれくらいの乱暴はわしだってしていたよ」

「そうですか」

「なんというのかな、心に鬱屈《うっくつ》したものがあるのさ。だから、それぞれ、なにか生きにくい感じがしてるんだろうな」

「ああ、それはわかる気がします」

と、彦馬はうなずいて言った。

「ほう。あんた、わかるかい？」

「現にわたしも」

子どものころからそういう思いはあった。周囲となにかしっくりこない感じ。それが自分の目を夜空へと向けさせたのかもしれない。

「そりゃあいい」

と、和尚は言った。

「え？」

「生きにくいという気持ちがわかってくれるだけでもありがたい。この前までいた男は、どうもおのれの信念ばかりを無理に押し付けたがる男でな。なにせ、自分を立派な男だと思っていたから。ああいうのはいちばん性質《たち》が悪い」

和尚が顔をしかめたとき、顔に擦り傷をつくった敏捷《びんしょう》そうな少年を先頭に、十数人の子どもがどっと駆け込んできた。

「忠太《ちゅうた》がいなくなったよ」

「そこらにおるだろう？」

「いないんだ。あの野郎、おれたちのおやつの饅頭《まんじゅう》をかっぱらって逃げやがった。追っかけたら急にいなくなったんだ」
五、六歳から十二、三歳といったところである。
十四、五のワルともなると、大人顔負けで叱ってもまず効き目はないが、そういうやつはたぶん来なくなるだけなのだ。通ってきているうちはまだ、子どもらしさも残っているということなのだろう。
「いま、わしは大事な話をしているのでな。あとで聞いてやるからな」

「あとでかよ」

ぶつぶつ言いながらも、子どもたちは引き下がっていった。

「教えるものは、よくある手習いの教本を使っている。だが、あんたの使いたいものを使ってくれてかまわん。要は、好きなことを学ぶのは楽しいし、なにか必要なことがあったときに学ぶという方法があるのだということだけ教えてくれたらいい。あとは、あの子たち一人ひとりが成長していく」

この和尚はそっけないが、子どもたちに大きな慈愛の心があるように思えた。

さっきの子がまたやって来た。

「和尚さん。まだ、いないよ、忠太のやつ」

「そうか、どこにいったのかな」

「本堂で消えたんだ」

「本堂じゃ隠れるところも少なかろう」

「神隠しかもしれねえよ」

「寺の本堂で神隠しはあるまい。御仏さまの領域だからな」

と、和尚は笑った。

「どれどれ」

和尚は本堂に向かった。

彦馬も急ぐ身ではない。後についていった。

「向こうの廊下から、本堂に逃げ込んだんだ。それは間違いないんだ」

「では、そっちの廊下に逃げたんだろう」

「そっちから、おれたちが来たんだ。忠太は来なかったよ」

と、背の高い、だが顔はずいぶん子どもっぽい少年が言った。

「ふうむ。では、外に出たんだな」

「外では、毘念《びねん》さんが掃除をしてたよ。来なかったって」

指差したのは、先ほど山門のあたりを掃除していた十五、六の小坊主である。いまはこの庭で草むしりをしている。

「毘念。忠太がそっちには行かなかったのか？」

「ええ。さっき、わたしはそこを掃いていましたが、来ませんでした」

「ふうむ」

と、和尚は不思議そうな顔をした。

「誰かほかに本堂にはいなかったのか？」

「あ、いました。大人の男で、拝んでいたのかどうかはわかりませんが、出て行った人はいました」

「拝んでな……だが、まあ、大人だったら違うわな」

話を聞きながら、彦馬は本堂の中をずっと見て回った。

本堂はかなり広い。畳にすると七、八十畳分ほどもあろうか。

正面の中央に三尺ほど高くなった壇があり、阿弥陀《あみだ》さまの像や、観音さまの像が飾ってある。

いちばん大きいのは真ん中に置かれた阿弥陀さまで、坐像《ざぞう》だが、彦馬が見上げるほどである。もっとも壇の上だから、もしもこの阿弥陀さまがすくっと立ち上がったりしたら、背丈は五尺七寸といったところだろうか。

観音さまは阿弥陀さまの左隣りにある。阿弥陀さまよりずいぶん小さくて、二尺ほどの体長だが、お顔は上品で、星の光のようにかすかな笑みをたたえている。こんなときなのに、思わず見とれてしまった。織江の面立ちとも似たところがあるが、こちらはあくまでも静謐《せいひつ》である。織江はもっとずっと生き生きしていた。

それと、観音さまの左隣りには、阿弥陀さまと同じくらいの大きさだが、まだ真新しいお釈迦《しゃか》さまの像が置かれていた。

それぞれの裏側にも回ったが誰も隠れてはいない。

「壇の下は？」

と、彦馬が訊《き》くと、

「毛氈《もうせん》をめくっても誰もいないよ」

子どもが答えた。

「弱ったな」

と、和尚が困った顔で言った。「ほんとに消えたってことはないだろうが」

「そりゃあないでしょう」

と、彦馬が言った。「どこかにはいるんですよ。怪我でもして、気を失ったりしていなければいいが」

「お前らもういっぺんぐるっと探してみなさい。自分が隠れそうなところを」

十数人の子どもたちが本堂周辺をうろうろと回りはじめた。

「いろんなことが起きる」

と、和尚が苦笑いして言った。

「そうでしょうな」

「信じられないことも起きれば、大人顔負けの厄介ごとも起きる」

「なるほど」

「それでも引き受けてくれますかな」

「ぜひ」

と、彦馬は迷わずに言って、頭を下げた。千右衛門が勧めてくれた仕事である。

これが向いていると考えてくれたのかもしれない。

「ああ、ありがたい」

和尚は手を合わせた。

「忠太というのは、どういう子どもなのですか？」

と、彦馬は訊いた。

「手癖がよくない。さっきも、仲間のおやつを取ったと言ってましたな。そんなことをしょっちゅうやる」

「家は貧しいのですか？」

「とんでもない。ふた親とも元気で商売に励んでいる。油屋だが、唐がらしで辛味をつけた油が売れに売れて、大変みたいだ。まず、ここに来ている子どものなかではいちばん裕福ではないかな」

「ほう。いくつなんですか？」

「十歳だったはずだが」

それなら、ある程度、善悪の判断はできる。では、盗まずにはいられないわけがあるのだろう。

「わたし一人、ここに残ってみます。和尚は子どもたちをみな、引き上げさせてもらえませんか？」

と、彦馬は小声で言った。

「わかった」

と、和尚は子どもたちを、「裏庭が臭いぞ」などと言って、連れて行った。

子どもたちはいなくなった。

本堂がしぃんとなった。

彦馬は本堂の隅にそっと正座をした。

五

しばらくして——。

「ふう」

と、ため息が聞こえた。真新しいお釈迦さまの中らしい。

なにかつぶやいている。

彦馬はそっと近づいた。よく聞こえる。

「なんてこった。バチが当たっちまった。お釈迦さまの中に閉じこめられるなんて、これじゃあお釈迦さまの手のひらの中で暴れた孫悟空みたいじゃねえか。ああ、もう出られねえのかなあ」

がっかりした声である。

「出たいのか？」

と、彦馬が訊いた。中でよほど驚いたらしく、ごつんとどこかぶつけたような音がした。

「げっ、阿弥陀さまかい？」

「そうではない。なぜ、そんなところに入った？」

「知るもんかい。ここに逃げてきたら、このお釈迦さまのどこかが開いてたんだよ。それでこりゃあいいやと飛びこんだら、後ろから閉められちまったんだ。入っておれ、馬鹿者という声もしたよ。だから、おいらお釈迦さまに叱られたのかと思って、おとなしくしてたんだよ」

おそらく、それがここから出て行ったという男だろう。

「おとなしくしてたなんて、感心だな」

と、彦馬は言った。

「感心じゃねえよ。おいら、悪いことばっかりやってる。かっぱらいだ。おいら、大人になったら、間違いなく獄門首だ」

さんざんそう言われてきたのだろう。

「獄門になりたいのか？」

「なりたいわけねえだろ。おいら、前に行ってた手習いの先生に日本橋のたもとで獄門首を見せられたことがある。あんなのになりたかねえよ」

と、忠太は情けなさそうに言った。

そういえば、江戸では日本橋のたもとに獄門首がさらされるというのは聞いたことがある。

「だったら、なぜ、かっぱらったりするんだ？」

「なぜなのかなあ……」

考え込んでいるらしい。

彦馬は口出ししたりせず、考えるのにまかせた。

「前に、家の金を盗んだことがあるんだよ。そんとき、母ちゃんから凄《すご》く怒られてさ。おとっつぁんには言わないでおくけど、もうしちゃ駄目だよって。母ちゃん、忙しくて、ほとんどおいらとも話をするときがなかったからさ。怒られたのに、なんか嬉《うれ》しくて。あれで癖になったのかなあ。みんながおいらを問い詰めたり、怒ったりするのが、面白くなっちまったんだよ……」

寂しいのか、この子は――と、彦馬は思った。

「だが、いつまでも隠れてはいられないぞ。わたしは明日からおまえたちを教えることになった者だ。挨拶《あいさつ》がわりに、今日のおやつのことはわたしが謝ってあげよう」

「本当かい」

「そのかわり、そこから出てくるんだ」

「出られるものなら出たいよ」

彦馬はお釈迦さまの背のほうをよく見た。

このお釈迦さまは銅像かと思ったが、木像らしい。後ろに塗料がはげ、木目のずれが見えるところがあった。そこに手をかけながら下のほうをすこし持ち上げるようにすると、背中がぱかっと開いた。

「ほら、出てこい」

忠太が恥ずかしそうな顔で出てきた。いかにも腕白そうな顔をしている。

「なんか、木屑《きくず》がいっぱい落ちてるな」

と、彦馬は阿弥陀《あみだ》さまの中を見た。

中はがらんどうである。大人が一人、悠々と座ることができるくらいの広さがあり、現に座布団がひとつ置かれてある。

「そうなんだよ。中にもうひとつ仏さまがいるんだ」

「どれどれ」

見ると、仏さまというか、つくりかけだが観音さまがいた。まだ、上半分ほどしか完成していないが、隣りの観音さまにそっくりである。

「模写のようなことをしていたのかな」

「そっくりのものをつくるのさ」

「模写ってなんだい？」

「そっくりのものをつくってどうするんだろう？」

「どうするんだろうな？」

と、彦馬は忠太の顔を見た。「ホンモノとそっくりなモノと……」

もちろん彦馬は気がついている。

だが、忠太には考えることで気づかせてやりたい。

教えてしまうのはかんたんだが、自分で考えなければ身につかない。

しばらく考えて、

「あ、もしかして、かっぱらうんじゃないのか？」

と、忠太が言った。

「かっぱらう？」

「そうだよ。贋物《にせもの》をつくっておいて、それをここに置き、本物を持ち去るのさ」

と、忠太は感激したように言った。彦馬もそう推測していた。だが、

「それは面白いな。なるほど」

と、感心してみせた。

「悪い野郎だなあ」

と、忠太は憤慨した。

「悪いか」

「悪いよ。あ……」

自分の盗みにも思い至ったらしい。

だが、彦馬はなにも言わず、うなずくだけにした。「あとは、あの子たち一人ひとりが成長していく」という和尚の言葉を思い出したからである。

「おっ、忠太、いたか」

と、和尚がもどってきた。

その後から子どもたちも、

「この野郎、忠太、ふざけやがって」

と、ぶりぶり怒って入ってきた。

「おじさん、約束だぜ」

忠太は彦馬の背中に隠れた。

「どういうことなのかな？」

と、祥元和尚は、忠太と削りかけの観音を交互に見ながら訊《き》いた。

「盗みなんだよ、和尚さん」

忠太が言った。

「盗み？」

和尚が首をかしげる。忠太には順を追って説明するのは難しいだろうから、彦馬があいだに入った。

「そうなんです。ことは盗みに関わるので、奉行所にでも連絡すべきなのでしょうか?」

「さて、それは……」

寺の中の悪事については、町方が勝手に入り込むわけにはいかない。江戸はとくにそこらは厳密らしい。寺社奉行の管轄なのでそちらのお役人に連絡しなければならない。

だが、悠長なことをしてはいられないので、和尚がかねがね懇意にしているこの近くの権助《ごんすけ》という岡っ引きに来てもらった。

「へえ、この中に忍んで、隣りにある観音さまの贋物を彫っていたわけですか」

この観音さまは、知る人ぞ知るという鎌倉時代の名宝だという。

権助も阿弥陀さまの中をのぞきこんで驚き、

「和尚。よくぞ、気がつきましたね。じつは、この何ヶ月のあいだで、本郷の寺や神社で仏像や神像が盗まれたりしてましてね。なにせ、本物によく似た贋物があるため、なかなか気がつきにくかったんです。そうですか、こうやって彫ってやがったんですね」

「なあに、わしもまったく気がつかなかったんだよ。気づいたのは、こっちの子どもさ」

と、和尚は忠太を指差した。

忠太はすっかり硬くなって、それでも誇らしげに胸を張っている。

「この阿弥陀さまはどうしたんで？」

「うちの檀家《だんか》ではないのだが、そっちの坂下に丑吉《うしきち》という男がおるじゃろ？」

「ああ。芝居の幡随院長兵衛《ばんずいいんちょうべえ》を気取った男ですよ。なあに、実体はそこらに賭場《とば》を開いては、上がりをかすめているけちな胴元です」

「そうだったのか。この阿弥陀さまをここにしばらく並べておいてもらえたら、格が上がるのでと、わけのわからないことを言われ、まあ勝手にするがいいと並べさせておいたのだ。まさか、中に入りこむ男がいるとは、思いもしなかったのでな」

「そりゃあそうでしょう。なるほど、あの野郎が筋書きを書いたわけですね。それで、この観音さまを彫っていたのは？」

「うむ。だが、それは丑吉ではない。丑吉ならうちの昆念も以前から知っておるでな」

「そいつはこれが見つかったことは知らねえわけだ。また、今夜にでも忍んでくるでしょうから、そこをとっつかまえればいいでしょう」

と、権助は、あとはまかせろというように十手をかざして見せた。

つかまったのは、松吉《まつきち》という仏師の見習いで、自分がつくった仏像や神像を拝んでもらうことしか考えていなかったという。

この松吉がたまたま丑吉の賭場ですってんてんになり、贋物づくりを持ちかけられたのだった。

松吉はこれまでの悪事もすべて白状し、丑吉の悪事は明らかになった。

「みんな、聞いてくれ」

と、彦馬は忠太の手柄を、手習いの生徒たちに伝えた。

「……というわけで、忠太のおかげで、ここの観音さまは無事に盗まれることはなく、また、すでに盗まれていた方々の仏さまや神さまも、もとのところにもどることになったのだ」

「すげえな」

「てえしたもんだな」

と、しばらくは賞賛の声がつづいたが、やがて、

「でも、かっぱらいが、かっぱらいを捕まえたってわけか」

という者も出てきた。子どもたちは言いたい放題である。

すると、忠太は皆の前ではっきりとこう言ったのだった。

「おいら、もう、かっぱらいはやめたよ」

朝――。

彦馬が風呂敷《ふろしき》包みを持ち、妻恋町の長屋を出て本郷のほうに向かうのを、大名屋敷の奥女中に扮《ふん》した織江が見ていた。

彦馬の腰に刀はない。だが、江戸に来た緊張感もあるのか、むしろ平戸にいたときよりも毅然《きぜん》とし、颯爽《さっそう》とした足取りに見えた。

法深寺という寺で、手習いの師匠をすることになったらしい。

その仕事をしながら、わたしを探してくれる。

「わたしはここにいますよ」

と、言いたい。

だが、この先、平戸藩への監視の目が厳しくなることを思うと、彦馬はなにも知らないでいたほうがよいのではないか。

織江はそう思った。

それにしても、手習いの師匠というのは、彦馬にぴったりの仕事ではないか。

「よかったね、彦馬さん」

織江はそっとつぶやいた。

第五話　月は知っている

一

人々のざわめきには、絶え間というのがなかった。押しては引く波のざわめきのほうが、まだ慎ましやかだと思えた。

彦馬は両国橋のたもとにいた。

ぽつねんといた。

最初はもっと意気揚々と通り過ぎる女たちの顔を眺めやっていたが、だんだん元気がなくなり、自分はぽつねんといるような気分になってきた。

まずは江戸いちばんの盛り場で探そうと思った。そこなら、たくさんの人を短いあいだに見ることができるはずだった。手習いは休みにしてもらった。織江探しのため、月に五日ほどは休みをもらうようにしている。

昼前から一刻ほど立ち、欄干にもたれて握り飯を食い、さらに一刻。

最初は女の顔を見ながら、行き交う人の数をかぞえていた。だが、四百人あたりで混乱してきたので、かぞえるのはやめにした。

彦馬は圧倒されていた。

こんな人出は見たことがなかった。日本橋のにぎわいにも驚いたが、ここはもっと凄《すご》かった。人々の気配がいきいきしていたし、得体の知れない怪しげな活力もあった。これだけの人が稼いで飯を食い、さらにこうやって盛り場に遊びに出てくる。江戸というところは、ぐつぐついう巨大なごった煮の鍋《なべ》みたいだと思った。

これほどの人の中から一人の女を見つけられるのか。

もし、織江がどこかの密偵だったとしたら、こんなところをふらふら歩いたりするのだろうか。息をひそめるように暮らし、人ごみなんかには決して出てこないのではないか。

いや、密偵だろうが、若い女である。たまには息抜きもすれば、友だちと会ったりもするのではないか。

わからなかった。織江の本当の暮らしがまるで見えなかった。だとしたら、あのひと月の暮らしはまったくの嘘っぱちだったということなのか。

たまらなく寂しい気持ちになってきた。江戸になんか出てきたのは間違いだったのか。織江が残していった「このままで」という短冊は、暮らしがこのままつづくようにという意味ではなく、じつは「このまま平戸にいて」という意味だったような気がしてきた。

「あっ」

突然、彦馬の顔が輝いた。

――織江ではないか。

ヘビを食っている女の絵がどぎつい調子で描かれた看板。その下は、見世物小屋の出入り口である。そこから織江に似た女が、同じ歳くらいの女といっしょに出てきた。織江にしては化粧が濃すぎる気がしたが、横顔がよく似ていた。

前に回ろうとするが、人の流れが多すぎて、なかなか追い越すことができない。

「すみません。通してください。ごめんなさい」

謝りながら、どうにか前に出た。

軽く肩に手をかけた。

「織江……」

違った。いくらか顔立ちに似たところはあった。だが、織江の表情には、なんとも言えない快活さがあったが、この女は不機嫌だった。

「なあに？」

と、女は言った。

「ごめんなさい、人違いでした」

「やあね」

女は顔をしかめた。気味悪がられたらしかった。

疲れきって神田佐久間町の西海屋にやって来た。まだ、目が落ち着きなく動いている感じがする。

まっすぐ長屋にもどりたかったが、帰りに寄るように言われていた。おそらく前藩主の松浦静山に挨拶《あいさつ》に行く件だろう。一度、連れて行くと言われていて、その日取りでも決まったのかもしれない。

店先で帳簿をつけていた千右衛門が、小僧に「お茶を」と声をかけ、裏手の部屋にまわるように言った。

「どうだった？」

「うむ。そうかんたんには見つかるまい。焦らずにやるさ」

「そのほうがいい。それはそうとな……」

千右衛門がそう言ったとき、

「こっちかい？」

長い顔の男がのっそりした調子でのぞいた。

「やあ」

と、千右衛門は気楽な顔で挨拶した。

「原田さん。紹介するよ。わたしの幼なじみで、今度、江戸に出てきた雙星彦馬だ」

「よろしくお願いします」

彦馬は軽く頭を下げた。

「南町奉行所の臨時回りの原田朔之助《さくのすけ》さま」

千右衛門がそう言うと、

「さまは付けなくていいって。ああ、そう。千右衛門の友だち？　幼なじみ？」

それならおれの友だちでもあるというような、人懐っこい笑顔を見せた。

着流し姿である。それに三つ所紋の黒い羽織を着ている。すっきりと洒落《しゃれ》た感じはするが、武士らしくない。いっぷう変わった町人のようである。

もちろん平戸にも町奉行所はあったし、同心もいた。だが、こんな格好はしていなかった。ちゃんと羽織袴《はかま》姿で出仕していた。

長刀を一本、落とし差しにして、もう一本、朱房をつけた十手を差している。

十手などは持っていたかどうかは記憶にないが、こんなふうに朱《あか》い房をつけて目立たせるようなことはしていなかったはずである。

「雙星も、もしかして丙辰《ひのえたつ》生まれ？」

と、原田が訊《き》いた。

「そうだが」

「おう、なんだよ。いっしょだよ。おいらたち三人」

と、真顔で親しみをこめて言った。同じ歳というだけで、ずいぶんな親近感を持ってくれるものである。

「丙辰は出世するからなあ」

「そうかねえ」

と、彦馬は首をかしげた。根拠がわからないし、自分を見ても、とてもそうとは思えない。

「どうしたんだ、今日は？」

と、千右衛門が訊いた。

「ここの並びに土州屋という瀬戸物屋があるだろ？」

と、原田はのけぞるようにして、右のほうを指差した。

「ああ、土州屋さん」

「そこの娘がかどわかしに遭ったんだ」

「なんだって」

千右衛門は目を丸くしたが、彦馬だって驚いた。かどわかしなんてことは、言葉だけは知っていたが、じっさいに起きるものとは思っていなかった。これが、江戸なのかもしれない。

「一昨日、連れ去られ、昨日の昼には神田明神の境内に放り出された」

「それはよかったな」

「なあに、もどったのは身代金二百両を支払ったからさ」

と、原田は吐き捨てるように言った。

「かどわかしは、身代金の受け渡しが難しいと聞くがな」

と、千右衛門が言った。

「ああ。下手人たちの要求が届いたとき、すぐに奉行所に連絡してくれたらな。だが、奉行所には言うな、言えば娘の命はねえと脅されて、言うことを聞いちまった。おやじが二百両を持って、柳橋《やなぎばし》の真ん中に。どこからともなく現れた男が、いきなり包みを奪い去った。夜なので、顔もなにも、若いか、年寄りかもわからねえ」

「そうか」

「まもなく娘がもどり、土州屋は奉行所に届けてきた。ここでやっと、おれたちが動き出した」

娘はどこに隠されていたのか。行きは気を失い、帰りは目隠しをさせられていたという。

「下手人はたぶん二人」

「たぶん？」

「駕籠《かご》屋もかかわってるんだが、おそらくそいつらは金で雇われた口だろう。見つけるのは容易なこっちゃないし、悪事にからんでいるのは気づいただろうから、まあ、口は割らねえだろう。こうなると、手がかりはなんにもねえ」

と、手を上に向けて開いた。

「難事件だな」

と、千右衛門が言った。

「難事件だよ。こんな難事件をおいらにやらせるか。ふつうやらせねえだろう？」

「なんでやらせないんだい？」

と、彦馬が訊いた。

「そりゃあ、過去の手柄を見てだよ。おいら、手柄少ねえもの」

「でも、最初の手柄になることだって考えられるだろ」

「いやあ、最初はもうちっと簡単なものからだろう」

やけに謙虚である。

「彦馬。原田は、ついこの前まで、吟味方の同心だったんだよ」

と、千右衛門が助け船を出すように言った。

「ああ、なるほど」

お白洲《しらす》で吟味のほうばかりしていたので、探索は慣れていないということだろう。

「それに、こんな言い方をしてるけど、一人で担当しているわけではない」

と、千右衛門はさらに言った。

「そりゃあそうだろうな」

「しかも、なんとか下手人を見つけて、初手柄にしたいという望みもある」

と、千右衛門は原田の目を見た。

「おい、千右衛門。あんまり人の心を読むなって」

と、原田は照れて言った。人懐っこいが、照れ屋なところもあるらしい。悪い人間でないことはまちがいない。

だが、ほんとにその娘はなにも見ていないし、聞いていないのだろうか。異常な事態に動揺してしまい、一時的に記憶をなくしてしまっただけなのではないか。そういうことは大人でもある気がする。

「まったく、お月さましか見えなかったって言うんだから、探しようがねえ」

「月が見えていた？」

彦馬は思わず大きな声を出した。

「なんだよ」

原田が変な顔をした。

「いや、それが何刻ごろ、どのへんに見えたかがわかれば、ずいぶんいろんなことがわかるのだが」

「え？ そんなんでわかるわけねえだろ。何言ってやがる」

「本当だよ」

と、彦馬は憮然《ぶぜん》とした。

「原田。雙星はそういうヤツなんだよ。星や月を見て、さまざまなことを推測できるのさ」

「なんだよ、新手の占い師か？」

「そうじゃないさ」

と、彦馬は笑った。

二

土州屋は五軒ほど先にあった。原田といっしょに行って、直接、さらわれた娘に訊くことになった。

「ここだよ」

「ああ」

土州屋は西海屋に比べたら間口は小さいが、それでも立派なものである。

原田はあるじを呼んだ。

「娘の名はなんと言ったっけな」

「おゆうでございます」

「おゆうに話を訊きたいんだよ」

「わかりました。ただ、まだ二階の自分の部屋から出たくないらしくて、そちらでかまいませんか？」

「もちろん、かまわねえよ」

原田はそう言って、彦馬にも上がるよう顎《あご》をしゃくった。

おゆうの部屋は二階にあった。簞笥《たんす》だけがある四畳半だが、きれいにして住んでいた。

「よう、おゆうちゃんよ。ちっと訊きてえことがあるんだ」

と、原田が声をかけた。

「はい……」

窓の外を見ていたおゆうがこっちを見た。きれいな顔立ちの娘だった。

すっきりして、きれいに整っている。織江と似た大人の顔になるかもしれない。

いや、こちらのほうが美人になる気がした。織江の魅力は、顔立ちが整っているというのとは別のところにあった。

おゆうがかどわかされたときのことは、彦馬は原田から聞いていた。

遠くの手習いに行っているとき、見知らぬ男が駆けつけてきて、

「おとっつぁんが急に倒れて医者にかつぎこまれた。早く」

と、駕籠に乗せられた。

それで、さあ、行くよと言われたとき、どんと当身を入れられて、気を失った。

だから、ほかはほとんど覚えていないというわけである。

「おゆうちゃんはいくつだい？」

と、彦馬は訊《き》いた。

「十二ですけど」

「捕まっていた部屋で、月を見たんだってな？」

「ええ」

「そのときの状況を教えてもらいたいんだ」

「近くで火事があったみたいで、ちょうど見張りに来ていた男が障子窓を開けたんです。そのとき、窓の真ん中、真正面に月が見えました」

「部屋の広さは？」

「八畳間でした。あたしは壁に背をつけて座っていました」

「月のほかに、なにか見えなかったかい？　家並みとか、山の影とか？」

「いいえ。なに一つ見えませんでした」

と、おゆうは首を横に振った。

「一昨日は満月で晴れていたはずなんだ。火《ひ》の見櫓《みやぐら》も見えなかったかい？」

「いえ。見えていません」

はっきり否定した。

「なるほど。これは、大きな手がかりだよ」

と、彦馬は言った。

「これでかぁ？　じゃあ、あとでお月さまを訊問《じんもん》するか？」

原田は冗談のつもりで言ったらしいが、彦馬もおゆうも笑わない。

「これで正確な時刻がわかれば、この部屋の場所、つまり東西南北のどっちを向いていたかがわかるんだがな」

彦馬がそう言うと、

「そんなことわかるの？」

おゆうが驚いて訊いた。

「わかるさ。星だってわかるけど、星は見てないだろ」

「星ってどれも同じじゃないの？」

「ちがうよ」

「へえ……」

おゆうの目がきらきら輝いた。夜になったら必ず、夜空の星を確かめてくれるに違いない。

「だが、待て。いま、火事と言ったが、一昨日の夜、このあたりじゃ火事はなかった。半鐘の音なんてしなかったぜ」

と、原田が言った。

「ほら。それはすごい手がかりになるぞ。火事やボヤ騒ぎがあったところを調べれば、この子がかくまわれていたところに近づくことができる」

「たしかに」

「調べられるのか？」

「もちろんだ。各町の番屋に訊けばいい」

それは自信たっぷりに言った。

「それともうひとつ、窓を開けたとき、風は吹きこんでこなかったかい？」

「ううんとね……」

考えこむときに、ちょっと口を尖《とが》らす感じにする。それが、このすっきりしたきれいな顔立ちの少女に、ただひとつ現れるやんちゃな表情だった。だが、きれいな湖に突然、おかしな肢体の魚が泳いだような面白さもあった。

「……吹いてこなかったよ。でも、風がなかったわけじゃない」

「どうして？」

「家が、がたぴし言ってたからね」

「ああ、それでもわかることがあるよ」

彦馬がそう言うと、おゆうは信じられないという顔をした。

「今日は手習いには行ったのか？」

と、原田が訊いた。

「行かない。遠いし」

「そんなに遠いのか？」

「麻布《あざぶ》だもの」

「ここから麻布か。どこの手習いに行ってるんだ？」

「麻布の大東塾ってところだよ」

「ああ、昔から有名だな。優秀な子が集まるらしいじゃないか。八丁堀《はっちょうぼり》からも一人行ったぞ。与力の子で、旗本の家に養子に入った。おいらは学問では足元にも及ばなかったが、剣術道場ではずいぶん泣かせてやったものさ」

と、原田は自慢げに言った。

おゆうは面白そうな顔で笑い、

「だいたいあたしは、あんな遠くの手習いになんか行きたくなかったんだ。師匠も気に入らないし」

「どんなふうに？」

「たとえば、国の名前を覚えるとき、必ずダジャレにするんだよ。紀《き》伊《い》紀伊言う甲《か》斐《い》、これ駿河《するが》、とかね。なんか、ものを覚えれば覚えるほど、馬鹿になっていく気がするよ」

「あっはっは」

この子がうつむいてうんざりしているようすが見える気がする。

「その手習いには、お父上が行けと言ったのかい？」

「うん。でも、近所の人が勧めたので、その気になったって感じかな。優秀な子が集まるところとか言われて、俄然《がぜん》、その気になったみたいよ」

「なるほど」

「でも、もう行きたくないと言ったら、別にかまわないと言ってたよ」

「ほう。じつはなわたしも手習いの師匠をしている」

「お侍さんが？」

「本郷の法深寺という寺なんだがね。もし気が向いたら、一度、のぞいてみてくれ。ただし、こちらはいわゆる優秀な子はあまりいないかもしれない。だが、面白いヤツはけっこういると思う」

それは嘘ではない。五日ほど子どもたちを教えてみて思ったことだった。

「へえ。お侍さんが先生か。面白そうだね」

と、おゆうはうなずきながら言った。

――八丁堀の連中なんかと、関わらないほうがいいのに……。

土州屋の隣りにある甘味屋の窓際の席に腰かけて、織江は思った。

どうも、ここらの噂によると、土州屋の娘がかどわかしに遭ったらしい。だが、それでなぜ、彦馬がいっしょに動かなければならないのだろう。

織江は、納得がいかないまま、このところはまっている豆かんを匙《さじ》ですくった。

昨夜――。

織江は、上司の川村真一郎から、今後は本所の下屋敷にいる松浦静山を徹底して見張るよう指示を受けた。

「そなた、平戸におったとき、江戸藩邸に出入りする者に顔を知られているか？」

「いえ。ほとんど二人しか顔を知られておりませんし、一人は腹を切り、もう一人は……」

「平戸にいる元の亭主か」

「はい」

夜の浜辺で戦った相手もいたが、あれはたまさかあそこで行き会った相手で、こちらの素顔は見られていないはずである。

「では、下屋敷に潜入できれば潜入してもらおう」

「潜入……」

川村はひとことで言ったが、それは容易なことではない。

「ただ、静山は油断できぬ。元来、松浦家というのは海の民でな」

「海の民？」

「そう。船でそこらじゅうの海を漕《こ》ぎまわるような連中だ。油断も隙もない。あいつらに国などというものはない。海に国境がないのだからな。ろくなもんじゃない。海賊が大名づらしておるのさ……」

川村が吐き捨てるように言った海の民という言葉だったが、織江はひどく心をくすぐられた。静山が海の民なら、彦馬もまた海の民ではないか。満天に星がちりばめられたその下の大海原をゆく船が目に浮かんだ。その船の舳《へ》先《さき》には彦馬が立っている。

陸にいるときよりもずっと、精悍《せいかん》で男らしい彦馬になっている気がした。

三

長屋で朝炊いた飯に湯をかけ、小魚の佃煮《つくだに》と豆腐をおかずに三杯食べ終えたところに、西海屋の小僧から店まで来てくれるようにと連絡が入った。

腹をたぷたぷ言わせながら妻恋坂を下り、佐久間河岸前の西海屋にやって来た。

帳場の裏の部屋に入ると、千右衛門といっしょに原田朔之助がいた。

「よう。半鐘が鳴ったのはどのあたりかわかったぜ」

「どこですか？」

「高輪《たかなわ》だ。すぐに消えたが、あそこでボヤ騒ぎがあった」

「高輪？」

彦馬はまだ、江戸の地形が全然わからない。

千右衛門が切絵図でなくて江戸全体がわかる大きな絵図面を出した。

「ほら、ここが高輪さ。この神田佐久間町はここ。だいぶ離れているだろう」

「そうか。つまり、その高輪の火事を心配するようなあたりに、あの娘は囚《とら》われの身だったというわけさ」

と、彦馬は言った。

「高輪、伊皿子《いさらご》、三田《みた》、白金《しろかね》あたりまでは半鐘が鳴っていたらしいな」

「時刻は?」

「そのときは夜の四つ(十時ごろ)をすこし過ぎたところだったらしい」

「よし。空が見えるところに行こう」

と、彦馬は立ち上がった。

「それなら、外よりもうちの物干し台がいい。浅草の司天台まで見えるぞ」

千右衛門が言った。司天台とは、天文について研究する幕府の機関である。

物干し台に立つと、彦馬は周囲をぐるりと見回し、

「いいかい。一昨日の夜四つには、月はこの位置にあった」

と、指差した。中天ではなく、意外に低い位置である。

天気はあまりよくない。雲が出ていて、空の半分ほどを蔽《おお》い尽くし、月も見えていない。だが、星は空の半分できれいに輝いていた。

「ほんとか」

「おゆうは、窓の真ん中、正面に見えていたといった。だから、おゆうがいたその部屋もこっち向きに窓があるということ。これがまず一つわかることだ」

そう言って、彦馬は紙を四角に折ったものを、きちんと方角を示すように置いた。

「ふうむ」

と、原田は唸《うな》った。

「それで、高輪というのはこのあたりだったな？」

彦馬はさっきの絵図面を見て、

「ここが東海道だな。すると、たしかこっちのほうは高台になっていた？」

高台を眺めながら歩いた記憶がある。

「そうだ。そこから三田にかけて台地がつづいている」

「海のそばだな」

「ああ」

と、原田はうなずいた。

「おゆうは風はあったけど、正面から吹きつけてはこなかったといった。風というのはいちがいにきめつけるわけにはいかないんだけど、海の近くの場合、夜は海に向かって背中から吹く陸風になりやすいのだ。それも、この家が海に近いことを示していると思う」

「すごいな、あんた」

感心する原田に、さらに言った。

「火《ひ》の見櫓《みやぐら》が見えないのも、そのあたりが海だったからかも知れない。そして、二階に大きな八畳間があるくらいだから、おそらくかなり立派な、料亭のような家じゃないかな」

四

「ごめんください」

と、法深寺の玄関口で甲高い声がした。

誰も出て行かない。そういえば、和尚と小坊主の二人は、檀家《だんか》の葬式とかで出て行ったみたいである。

「はい、いま……」

彦馬が出てみると、婆やを伴ったおゆうがいた。

「よう」

「とりあえず、試しということでもいいですか」

ここで学んでみるというのである。

「もちろん構わんよ」

おゆうを中に上げた。婆やは本堂で待っているという。

八畳と六畳の二間つづきの部屋に机を並べていた子どもたちが、いっせいにおゆうを見た。男の子たちがさあっと風になびいたように上気したような顔になった。

そんな子どもたちを見回し、

「席はできる順ですか？」

と、おゆうが訊《き》いた。

「できる順？　学問が？」

「はい」

と、おゆうはうなずいた。

そんなことは考えたこともない。

「前の手習いはそうだったのか？」

「はい。毎月、覚えたことを試す試験があり、それで順番が決まりました」

おゆうがそう言うと、皆、目を丸くした。

「それで、あんたはいつも一番のところに座ってたの？」

と、与一《よいち》という子どもが訊いた。

「だいたいね。でも、二番とか三番になるときもあったよ」

「何人いたの？」

と、これは女の子のお桐《きり》が訊いた。

「百八十人くらい」

これには彦馬も驚いた。

湯島《ゆしま》の学問所も多いと訊いたが、それは幕府の施設である。

「ここは学問の順番はつけないし、席も適当だよ。そこらに座ってくれ」

「はい」

おゆうはいちばん後ろの廊下側の席に座った。

子どもたちは、それぞれ勝手に字を写している。おゆうは背筋を伸ばし、一人ずつの字を見ていった。

生意気そうだが魅力がある。それは同じ年ごろの悪ガキどもも感じているのだ。

この前、お釈迦《しゃか》さまの中にもぐりこんだ忠太は、

「ようよう、あんた、なんでここに来たの？」

と、なんとかして話しかけようとする。

その忠太を、

「女になんか声をかけるんじゃねえ」

と叩《たた》いた末吉《すえきち》だって、しきりにちらちらとおゆうを見ている。たしかに自分もおゆうと同じ歳だったら、気になって仕方がないだろう。

だが、ここには女の子があと二人いる。そっちが相手にされなくなったりすると、かわいそうである。

彦馬はその二人のところに行き、いつもより多く声をかけるようにした。

昼になった。

子どもたちは皆、自分の家に帰って昼飯を食う。それで半刻ほどしてまたもどってくるのだ。

だが、おゆうは遠くに通っていたので、弁当を持参する習慣らしく、今日ももどらずに弁当を広げた。

彦馬も自分で握り飯をつくってきていたので、向かい合って食うことになった。

「先生……」

おゆうがふと、箸《はし》を止めた。

「どうした？」

「下手人のことなんだけど」

「ああ。なにか思い出したかい？」

「うん。二人のうちの片方が、手ぬぐいでしっかり顔を隠してたの。ほとんど目だけしか出していなかった。顔だけじゃなく、声も出さなかった。あれって、もしかしたら知ってる人なのかもしれない……」

「なるほど」

子どもなのに、たいした洞察力だと感心した。

手習いの子どもたちが全員帰ったあとで、彦馬は南町奉行所を訪ねた。

原田におゆうの推測を伝えるつもりだったが、原田はまだ町回りからもどっていなかった。そこで、かんたんな書付を残し、用件を伝えておいた。

それから、その足で土州屋に回った。おゆうの発見はきわめて的を射たものに思われ、早く確かめたい気持ちになったのである。

「土州屋さんの周囲で、ここんとこ急に顔を見せなくなったとか、そういう人はいませんかね？」

「さあ……急にそう言われても」

「というのも……」

と、おゆうの言ったことを伝えた。

「なるほど、おゆうが知っている男……」

指折り数えはじめた。

「いますぐでなくてけっこうです。じっくり考えてみてください」

「わかりました。考えてみます」

思いついたら、同心の原田に伝えてもらうことにした。

その翌日――。

原田朔之助と町で出会った。

女づれである。たぶんご新造だろうが、声をかけるのを遠慮していると、

「おい、雙星」

向こうから声をかけてきた。

「よう」

「昨日は伝言をすまなかったな。さっそく土州屋からいろいろ訊いているので、そのうち誰か引っかかってくれるかもしれねえ」

「ああ、頑張ってくれ」

立ち去ろうとすると、原田が言った。

「うちの嫁だ。新妻ってやつだ」

たいして照れもせず言った。

「どうも」

目と鼻が大きすぎるきらいはあるが、なかなかの美人である。

「ほら、一昨日、話しただろ。月や星の動きについてやたらくわしい男のこと」

と、原田が嫁に言った。

「ええ」

「この男さ」

「まあ。うちのがすっかり感心して、おいらも春場所の相撲の番付でだれそれは前頭何枚目だったとかは言えるのだがとか言ってたんですよ」

原田は相撲が大好きらしい。

「おい、余計なこと言うな」

「今宵《こよい》はいまから、二人でお出かけか。羨《うらや》ましいな」

と、彦馬は言った。本気である。いつか自分も、織江とこんなふうに江戸の町を歩ける日がくるのだろうか——。

「違うんだ。義父に呼び出されてな」

「へえ」

「内神田でろうそく問屋をしてるんだが、これが下手な囲碁が好きでな」

「言っときます」

「おい。やめてくれ」

と、笑いながら言ったところを見ると、義父との関係も良好なのだろう。

「今度、ぜひ遊びにきてください」

新造がそう言うと、

「うん、まあ、そういうことだ。世辞ではないぞ。うちのはな、世辞は言わない女でな。ほんとに遊びに来てくれ」

原田は大真面目な顔で言った。

五

おゆうがこの手習いに通ってきて三日目になった——。

そろそろ来なくなるかもしれないという気持ちもある。なにせ、おゆうはほかの子どもたちとくらべて、能力が高すぎた。いっしょに学ぶのが馬鹿馬鹿しく思われても、仕方がないことだった。

この日、手習いの時間が終わり、皆、帰りはじめたころ、おゆうが彦馬の前に来た。

「どうした?」

「先生。行ってみようよ。高輪のあたりに」

「え」

「行けばまた、思い出すことがあるかもしれないよ。風の匂いを嗅《か》いだり、小さな物音を聞いたりすれば、またよみがえるかもしれない」

「それはそうだが……」

なにか危険もあるのではないか。

「今日行くと、何か思い出せる気がするんだ」

「ほう」

おゆうの言葉には説得力がある。

「では、こうしよう。奉行所の原田に付き合ってもらおう」

「ああ、あの、人柄は善良そうだけど、あまり仕事はできそうもない同心さまか」

「あっはっは。それは悪いぞ」

だが、当たっているかもしれない。

婆やには帰ってもらい、二人で南町奉行所に行った。すると原田は出かけてしまっている。調べのために、三田から高輪あたりを回っているはずだという。

「向こうで会うかもね」

「そうだな」

念のため、もどったら三田台町《だいまち》の番屋で待っていると伝言して出た。

まだ日暮れまではだいぶある。真っ昼間からどうこうする悪党もあまりいないだろう。

海沿いの道を歩き、芝田《しばた》町《まち》を過ぎたころから高台のほうに登った。

「どうだ、何か思い出せそうか？」

「うん。匂いがね」

「匂い？」

「お香の匂いがしてたような気がしてきた。お寺のお線香というより、もっとおしゃれな感じだったと思う。これから男の人と会うようなときに、焚《た》き染めるような匂い」

と、ずいぶん色っぽいことも言った。頭の発達が豊かな分、かなりおしゃまな性格でもあるらしい。

それにしても葬式のときの線香とお香の匂いの区別など、彦馬にはほとんどつかない。

一町ほど行くと、

「あ、そこにお香を売る店が」

と、おゆうが指差した。客寄せのため、いまもお香が焚かれている。それが、縛られているおゆうのところにも流れてきたのだろう。

「ここから匂っていたのかもしれないよ」

「なるほどな」

だいぶ、近づいてきているのだ。

近所を見回すと、町人地ではあるが、長屋は少なく、隠居家のような二階建ての家が並んでいる。道側からはわからないが、海の上の月が真正面に望めそうである。

どんどん路地に入って行こうとするおゆうを止めた。

「待て、おゆう。原田が来るまで待つことにしよう」

「わかった」

道端に立って、行きかう人などを眺めているうち、

「ねえ、ひと休みしようよ」

と、おゆうが言った。座りたいのだろう。道端で腰を下ろすところはない。すぐそばの寺の境内に入ることにした。

「ちょっと……」

と、おゆうが寺の本堂のほうに行こうとする。

「どこへ行くんだ」

「訊《き》かないの」

「え？」

「そっと行きたいところだよ」

「ああ、悪かったな」

おゆうを見送った。

彦馬は山門に近いところに腰を下ろし、原田が来るのを待った。

おゆうのもどりが遅い。

寺の裏口のほうで、ちらっとこちらを見た男がいた。彦馬と目が合うと、すぐに引っ込んでしまった。

——まずいぞ。

彦馬は立ち上がって、寺の本堂のほうへ走った。嫌な予感がした。

「ごめん」

と、渡り廊下のところにいた僧侶《そうりょ》に声をかけた。

「どうなされた？」

「いまさっき十二歳くらいの女の子が、厠《かわや》を借りにこなかったですか？」

「いや、来ておりませんな」

拉致《らち》されたのだ。ここらを歩くうちに、向こうから察知されてしまったのだ。今度こそ、生かして帰すことはしないのではないか。

——しまった。

彦馬は自分のうかつさを呪った。

娘は気を失ったまま、体格のいいほうの男に背負われていた。もう一人は、不機嫌そうに何度も後ろを振り向いていた。こっちは手ぬぐいをかぶり、鼻の下で結んでいる。

その二人が、坂の下から来た織江を無視して墓地を通り過ぎようとするのに、

「あんたたち、ひどいことをするねえ」

と、声をかけた。

「なに」

「この前はかどわかしておき、今度はばれそうになって殺す気かい」

織江がそう言うと、

「なんだ、この女」

「どうして、それを?」

問いただしてきた。大男のほうは、背負っていた娘をそっと下ろし、大きな墓石に寄りかかるようにさせた。娘はちゃんと息をしている。単に当身で気を失っているだけだろう。

「こう見えても、あたしは天狗《てんぐ》なのさ」

と、織江は言った。

「なめるんじゃねえ」

小柄で歳がいっているほうが、懐から匕首《あいくち》を取り出した。

「どこまで知ってるのかしらねえが、余計なことをぬかすやつだ。死んでもらおう

か」

匕首を突き立ててきた。

織江はこれを落ち着いて見やり、身体を開きながら、右手で匕首を突き出してきた手首を摑《つか》んだ。その勢いが残っているあいだに、織江は左手で手刀をつくり、相手の肘《ひじ》のところを思い切って叩《たた》いた。ばきっという乾いた音がした。

「げっ」

と、唸《うな》り、しゃがみこもうとするところを、あばらの骨を下駄で蹴《け》った。こちらも乾いた音がした。

「この女」

大男がまた同じ台詞《せりふ》を言いながら、織江につかみかかってきた。

織江はその手を取りながら、しゃがみこんだ。

男は力の矛先がなくなり、くるりと身体を回転させながら飛んだ。墓石があり、そこに足が激突した。

「うわっ」

さぞや痛かっただろうという音もした。しかも、織江はこの足を今度はかかとのほうで蹴り下ろした。

境内でおろおろしていた彦馬は、

「おい、雙星。ここにいたか」

後ろから原田に呼ばれた。

「原田。やっと来てくれたか」

「すまん。いったん奉行所にもどったら、伝言がいくつかあって遅くなってしまった。昼間、ずいぶん歩きまわったが、やっぱりここらが臭いぜ」

「それよりも、おゆうがいなくなった」

「なんだと」

「この寺でだ。連れ去られたかもしれない」

原田が本堂に駆け込もうとしたとき、寺の裏手からおゆうが飛び出してきた。

「助けて。先生、同心さま」

「あ、おゆう」

その後ろから、二人の男が追ってきた。一人は足を引きずり、もう一人は苦しげに片手をぶらぶらさせ、胸の横を押さえている。

「先生」

おゆうが彦馬の背中に回った。

原田が前に出て、刀に手をかけた。

「くそっ」

「こうなりゃ自棄《やけ》だ」

二人は懐から匕首を取り出し、原田に突進してきた。足を引きずったり、苦しげな顔はしているが、刃物を使うことについてはまったくためらいはないらしい。こうしたことには慣れているのだろう。

だが、原田は落ち着いて数歩、前に進み、刀を抜き放った。

「うっ」

「ぐっ」

二度、刃がひるがえると、二人はそのまま崩れ落ちた。血しぶきが舞うかと思ったが、それはない。

「峰打ちだ」

二人とも首のあたりを強く叩かれ、失神したらしい。原田はとぼけた人柄を補って余りある剣技の持ち主のようだった。

「おゆう、どっちかの顔に見覚えがあるだろう？」

と、原田が訊《き》いた。

原田に言われて、横たわっている男の顔をじっと見た。

「あ、こっち……」

「大坂に行ってるはずの叔父《おじ》さんだそうだ。あんたは子どものときから、なぜか馬が合わなかったんだってな。店に挨拶《あいさつ》に来ていないが、江戸に来てるらしいとは聞いていたんだそうだ。もしかしたらと、おとっつぁんが思い出して、知らせてよこした。おゆう。お手柄だぞ」

原田がそう言うと、おゆうは嬉《うれ》しそうにぽんぽんと跳ねた。まだ十二歳の、小娘のしぐさだった。

「そう緊張するなよ、彦馬」

と、千右衛門が言った。

本所中之郷にある平戸藩の下屋敷である。

本所のあたりは、区画整理が進み、江戸の地形はほとんど窺《うかが》えなくなってしまった。とくに、中之郷界隈《かいわい》は変わってしまった。

無理に江戸の地図と重ね合わせれば、現在の墨田区東駒形《こまがた》二丁目と三丁目の一部。墨堤通りと呼ばれる道をはさみ、本所中学校を含むあたりのおよそ一万三千坪。そこがかつての平戸藩下屋敷である。

この屋敷はまた、代々の藩主が集めた珍種の花や樹木が多いことでも知られた。

この日——。

雙星彦馬は、西海屋千右衛門につれられ、元藩主松浦静山に挨拶にやってきたのだが、

「わたしはすでに隠居してしまったし、たとえ御船手方にいたとしても、お屋敷を訪ねてお会いできるような身分ではない」

と、さんざんしぶった末であった。

「静山さまは、そんな身分のことをうるさくおっしゃる方ではないぞ。しかも、静山さまのほうがお会いしたいとおっしゃっているのだ」

「では、おそらく国許《くにもと》での不手際について叱責《しっせき》されるのだろうな」

と、今度は自害を覚悟することまで考えた。

「いや、そんなようすはまったくなかった」

千右衛門はそう言うが、彦馬は朝から気が重かった。

噂どおりに、不思議な樹木が生い茂る庭だった。南国の山には、江戸にはない樹木もあるらしいが、それを他国で育てるのはたいへんらしい。

いまは、国許でも見たことがないようなさまざまな色合いに、黄葉していた。

やがて、二人の前に六十半ばほどの、白髪の男が現れた。

松浦静山である。名君のほまれも高い。下級藩士などは名を聞いただけで緊張してしまう者も多い。

慌てて頭を下げた。

「静山じゃ」

と、快活な声音で言った。

「ははっ」

彦馬は頭を上げられない。

「雙星。月の位置で、かどわかしの事件を解決してやったらしいではないか」

と、言った。すでに千右衛門から聞いていたらしい。

「はいっ」

「やるではないか」

「恐れ入ります」

「まずは顔を上げよ。それでは大事な話もできぬぞ」

言われてゆっくりと顔を上げた。

笑みが漂っている。若いときから切れ者でならしたという。だが、いまはむしろ、鋭さよりも飄々《ひょうひょう》とした感じが漂っている。

「密偵だったようだな」

「え？」

「そなたの妻さ。くノ一だったにちがいない」

「くノ一？」

聞いたことがない言葉である。

「忍びの隠語よ。女という字をばらすと、くノ一になろう」

「わたしの妻は、くノ一……」

静山公は、ずいぶんいろんなことをご存じらしい。

「このところ、わしら九州の大名たちの動きを、やたらと気にする向きがあるのさ。動きはじめているからさ。止めようもない大きな動きというのはあるものなのよ。雙星、そなたなら日ごろ感じてきたであろう。この国の息苦しさを。人を小さく押し込めて、それでよしとする為政の鬱陶《うっとう》しさを。そなたも海の民だ」

「海の民？」

「雙星の家は、松浦とともに大海原を渡った家柄だよ。オランダが近づいてきている。イギリスもさ。フランスも来る。いつまでも震えて閉じこもっているわけにはいくまいさ。開くのさ。雙星、そなたに手伝ってもらうぞ」

「開く？」

「そうよ。いずれ、こっちに呼ぶつもりだった。怪しまれぬようにな」

「は」

「ちょうどいい機会に、そなたのほうから来てくれた。まるで、運命がわしに動き出せと言っているようにな」

「………」

急に言われて彦馬は呆然《ぼうぜん》としている。事情はなにも呑《の》み込めていない。

そんな彦馬をまっすぐに見て、静山は静かな声で言った。

「わしがこの国を開いてやるのだ……」

妻《つま》は、くノ一《くのいち》

風野真知雄《かぜのまちお》

平成20年 12月25日　初版発行
令和6年 12月15日　25版発行

発行者●山下直久

発行●株式会社KADOKAWA
〒102-8177　東京都千代田区富士見2-13-3
電話　0570-002-301（ナビダイヤル）

角川文庫 15465

印刷所●株式会社KADOKAWA
製本所●株式会社KADOKAWA

表紙画●和田三造

◎本書の無断複製（コピー、スキャン、デジタル化等）並びに無断複製物の譲渡および配信は、著作権法上での例外を除き禁じられています。また、本書を代行業者等の第三者に依頼して複製する行為は、たとえ個人や家庭内での利用であっても一切認められておりません。
◎定価はカバーに表示してあります。

●お問い合わせ
https://www.kadokawa.co.jp/（「お問い合わせ」へお進みください）
※内容によっては、お答えできない場合があります。
※サポートは日本国内のみとさせていただきます。
※Japanese text only

©Machio Kazeno 2008　Printed in Japan
ISBN978-4-04-393101-9　C0193

◆◇◇

角川文庫発刊に際して

角川源義

第二次世界大戦の敗北は、軍事力の敗北であった以上に、私たちの若い文化力の敗退であった。私たちの文化が戦争に対して如何に無力であり、単なるあだ花に過ぎなかったかを、私たちは身を以て体験し痛感した。西洋近代文化の摂取にとって、明治以後八十年の歳月は決して短かすぎたとは言えない。にもかかわらず、近代文化の伝統を確立し、自由な批判と柔軟な良識に富む文化層として自らを形成することに私たちは失敗して来た。そしてこれは、各層への文化の普及滲透を任務とする出版人の責任でもあった。

一九四五年以来、私たちは再び振出しに戻り、第一歩から踏み出すことを余儀なくされた。これは大きな不幸ではあるが、反面、これまでの混沌・未熟・歪曲の中にあった我が国の文化に秩序と確たる基礎を齎らすためには絶好の機会でもある。角川書店は、このような祖国の文化的危機にあたり、微力をも顧みず再建の礎石たるべき抱負と決意とをもって出発したが、ここに創立以来の念願を果すべく角川文庫を発刊する。これまで刊行されたあらゆる全集叢書文庫類の長所と短所とを検討し、古今東西の不朽の典籍を、良心的編集のもとに、廉価に、そして書架にふさわしい美本として、多くのひとびとに提供しようとする。しかし私たちは徒らに百科全書的な知識のジレッタントを作ることを目的とせず、あくまで祖国の文化に秩序と再建への道を示し、この文庫を角川書店の栄ある事業として、今後永久に継続発展せしめ、学芸と教養との殿堂として大成せんことを期したい。多くの読書子の愛情ある忠言と支持とによって、この希望と抱負とを完遂せしめられんことを願う。

一九四九年五月三日